Helgas story
&
andra komplikationer

Ingela Johansson

© Ingela Johansson
Förlag: BoD - Books on Demand, Stockholm, Sverige
Tryck: BoD - Books on Demand, Norderstedt, Tyskland
ISBN: 978-91-7785-334-3

Några förord

Ni får förlåta Helga men hon är en envis fröken. Varför jag kom att skriva om denna fröken är även den en historia för sig. Vi var några stycken som åkte till Björnberget för att få se gruvorna som har verkat där. Tyvärr var vi ute lite väl tidigt för att gå i skog och mark. Men det vi fick se ändå, var bilen som stod alldeles för själv i ett djupt dike. Fotograferna som var med mig tog en hel del bilder. Bilden som fotografen Sofie Wennström tog på bilen finns på omslaget och vid dikten. När kvällen kom så drömde jag om denna bil som då fick namnet Helga. På morgonen satte jag mig ner att skriva de tankar som hade dykt upp på natten. Men tyvärr, Helga pockade på att jag skulle skriva ner mer för som sagt hon hade ju haft sina vänner där. Resultatet blev en bok, den du har i handen. Fotografen Maritha Viio tog bilder vid ett annat tillfälle som ycket väl kan beskriva Glömskans dal.

Trevlig läsning!!   *Författaren*

DIKTEN OM

Här har jag stått i flera veckor och sett när människor och bilar rusat förbi. Vecka efter vecka har gått och blivit flera år, min snygga fasad har sakta men säkert gett efter för tidens tand.

Ingen har brytt sig längre om mig och hur jag hamnat här är en historia för sig. Jag trodde väl aldrig att någon skulle lämna mig på en sådan förfärlig plats. Här har jag sjunkit allt längre ner i vår moder jord.

Årstidernas växlingar sköljer över mig, bryter ner mig mer och mer, vilka förfärliga sår jag lämnar vill jag inte tänka på. Kan inte någon barmhärtig människa hämta mig härifrån?

BILEN HELGA

Vad mina ägare tänkte på när de ställde mig här vet jag inte, men någon trevlig parkeringsplats är det inte. Snö och kyla byts ut mot stekande sol och hårda vindar, regn och rusk faller över mig utan minsta skydd och tanke vad det gör mig.

Den snygga fasad som jag hade en gång i tiden är borta, tillsammans med den omvårdnad och tanke mina ägare skänkte mig. Den lilla förhoppning jag hade då människor satte upp ett staket runtomkring där jag står. Att de skulle se mig och ta mig härifrån den grusades och blev en dröm som försvann när de lämnade mig stående kvar.

Men en dag kom det några individer med kameror i högsta beredskap och fotade mig. Att inte kunna visa upp sig från sin bästa sida när man blir fotograferad känns inte bra, men någon hjälp finns inte att få. Men man undrar ändå… Kan bilden hjälpa mig härifrån?

Att människorna kan vara så grymma att de lämnat mig här är en större gåta än jag förstår. All den tid som rinner förbi när jag befinner mig här är inte bra för vare sig mig eller moder jord. Så snälla hämta mig upp härifrån!!

Författare Ingela Johansson

Helgas story
&
andra komplikationer

KAPITEL 1

Helgas historia fortsätter

— När jag nu ändå står här kommer gamla dagar tillbaka när man var ung och tiderna betydligt mer tilltalande. Nostalgi eller vad man vill kalla det för tränger på och man kommer ihåg gamla vänner som man undrar över, var blev dem av.

En av dem, Hugo en trogen och pålitlig kamrat, om nu herrar kan vara pålitliga vill säga, vart tog han vägen? Har inte sett honom sen den dag då jag hamnade här. Vi hade så roligt när vi körde runt omkring med familjerna, skratt och glam, tja och en och annan tår, hände det med. Men i det stora hela hade vi kul, stod stundom i samma garage.

Jag kommer ihåg den gången då Adam dök upp, en stor uppsnofsig bil med glänsande delar. Antagligen blev han vaxad flera gånger i veckan. Han var stor i orden men liten på jorden, det fanns inte så mycket under den huven. Det fanns betydligt mer under Hugos. Adam, han kom åkande, nja mer glidande, för att riktigt visa upp sig och parkerade för det mesta så nära som möjligt vid lilla Berta. Var blev dem av?

Berta med sitt stora hjärta som alltid hade något positivt att komma med. Hur har livet lekt med dig? Tänk om man kunde få veta, vad glad jag skulle bli, och Hugo min vän var finns du i dessa dagar?

Nu händer det något speciellt och underligt i skogarna. För där Hugo står får han helt plötsligt höra sin vän. Den fråga som Hon med stort H ställer kan Hugo bara inte ignorera.

— Helga lilla det vill du inte veta. Tyvärr har jag blivit avställd efter många års tjänst och parkerad som du i naturens hårda vård. I denna Glömskans dal för bilar har de ställt mig och under min tid har man dumpat fler och fler. Ja, några stod här redan då jag kom, man kan fundera varför folk gör på detta sätt. Men svaret Helga lilla, det blir en kombination av pengar, bekvämlighet och lättaste vägen för att bli av med en tingest som man inte längre behöver. Men för Adam och Berta har jag hört att det har gått bättre. Man tänkte väl aldrig att den skrytmånsen skulle hamna här, ja det var på vippen men några unga bilentusiaster tog hand om honom. Nu står han visst på något museum och stylar sig tillsammans med lilla Berta. Kan du tänka dig det att få vara tillsammans på gamla dar. De får visst komma ut och röra på sig lite emellan åt. Adam ska visst ha kört en del brudpar och studenter. I den bilen glider man nog fint fram. Det har visst varit några andra evenemang runt gamla åk som vi. Berta hänger väl mest bara med, hon är så fin, men ändå lägger folk inte märke till henne. Det är synd för Berta är det ändå lite krut i när hon sätter den sidan till, tro mig.

Men nu var Adam tvungen att göra sin röst hörd.

- Hördu Hugo, nu snackar du inte skit om Berta. Hon är den bästa kamrat jag har och så poetisk. OK, mitt skryt har jag fått äta upp många gånger under livets lopp. Men än kan jag glida runt och visa upp ett fördelaktigt yttre, tack vare de unga entusiasterna, okey, okey. Berta hälsar till er alla, förresten, fick en liten kick, men också en nick. Berta fick komma ut på en cruising här för inte så länge sen. Visst träffade du några intressanta personer då?

- Oh ja. Det var Danny som hälsade till Helga. Du skulle ha sett honom, en ny putsad och uppfixad T-Ford. Han hade några tokroliga berättelser från det löpande bandet att berätta, som de fick slita för att få ihop honom. Bredvid Danny stod en dam ut i alla hjullagrar, Madame Louise, en fransyska som rullat på många utländska vägar. Sen körde de fram en liten sportbil som behövde fixas upp ordentligt, inklusive munnen, Bobby, han kunde hålla låda så ingen fick en syl i vädret. Jo, jo, den pojken hade rullat runt ett antal gånger.

Helga som kom ihåg sina kamrater kunde inte låta en fråga vara osagd.

- Berta kommer du ihåg Folke? Han som rullade så snällt på gatorna och var som en trogen vän till Hugo?

- Oh ja, som den gången han smög på vägen när han hade en röd soffa på taket, det kommer man ihåg. Men vem var de som körde, jo en äldre herre med keps, ha, ha, det var en syn.

Hugo som lyssnat till tjejerna tyckte att nu måste han nog ändå klargöra vissa elementära saker.

- Tjejer, tjejer. Folke finns här i Glömskans dal tyvärr. Det är inte mycket med honom i dessa dagar. Men Berta hur har din resa varit till museet?

— Oh, Hugo det är en ren familjehistoria. Du förstår när jag flyttade från Berget så hamnade jag i en ganska stor familj. De flesta i den familjen har kört mig, för de gillade att pyssla om gamla bilar och fixa till oss. Vi var några stycken Delta, Mariana och Vegas men sen kom det ekonomiska bekymmer och då undrade man ju hur det skulle sluta. Men vid den tiden hörde jag att det var populärt att åka på cruising, bil museum och på sådana ställen. Som tur var tyckte familjen detsamma så Delta såldes till en annan bilentusiast, Vegas behöll de, för Mariana och mig gjorde de avtal med olika museer. På det sättet hamnade jag åter på Berget och fick träffa Adam igen när jag kom till museet. Det roliga är att få komma ut på veteranträffarna och se gamla och nya bekanta. Ja, jag har fått se både Delta och Vegas på träffarna men Mariana har jag inte hört något om på länge. Men Hugo nu får du inte lura bort mig från det Helga frågade om Folke. För han var väl din vän?

- Nja inte riktigt vi hade olika meningar om saker och ting. Men då jag kom till Berget hade han redan etablerat sig där så han tog hand om mig liksom. Man kunde alltid vända sig till Folke för att få råd, inte alltid så väl lyckade, kanske, men han ställde upp. När jag kom till Glömskans dal hade Folke redan varit här ett tag och fått både se och höra riktigt ruskiga saker.

Damerna kände att mystiken började tätna och med andan i halsen frågade de.

- VADÅ? Vadå, du måste berätta.

Hugo som inte tyckte att det var något speciellt att berätta men visste att Folke var rätt man till att göra det.

- Nja jag tror Folke får göra det. Han börjar visst vakna till...

- Ja det surrar ju så man får inte någon lugn stund.

- Kan du tala om för tjejerna hur det går för bilarna som ställs av i Glömskans dal?

- Oh ja, de blir plundrade kort och gott. Men det har hänt andra saker också…

- Som vadå..? Undrade de två damerna förväntansfullt.

- En gång kom det två bilar. Den ena bilen hade tydligen någon last som de behövde flytta över till en annan bil, vilket man också gjorde. Förarna pratade lite om att de skulle hämta upp grejer från Glömskans dal. Men jag har inte sett någon av dem sen dess, det hela lät lite skumt tyckte jag.

- Skumt på mer än ett sätt kanske?

- Jaja det var i skymningen de kom körande.

- Så spännande.

- Att bli plundrad?

- Nej inte det, men vad tror du lasten kunde ha varit? Frågade Helga och Berta blinkade instämmande.

- Tja, i dessa tider kan det ha varit allt från droger till mord eller bara något rent oskyldigt.

Men nu måste Hugo protestera...

- Oskyldigt här i Glömskans dal, nej du Folke det tror du inte på själv.

- Kanske inte. Men det händer lite skumma transaktioner här ibland träden. Som den gången man ställde av ett gammalt litet kylskåp alldeles här runt hörnet. Några dagar senare hämtades kylskåpet men, oh vad förvånade de måste ha blivit?

Adam, som varit tyst en god stund, kunde inte låta bli att komma med sin lilla fundering över varför någon skulle bli förvånad över ett kylskåp i skogen.

- Hurså? Undrade Adam fundersamt.

- Det hade varit några orienterare här några timmar tidigare som tömt kylskåpet innan de kom för att hämta det.

Hugo tänkte bara Folke, Folke...

- Folke det var inga orienterare, hur skulle de ha vetat vad som fanns i kylskåpet?

- Hm, du har en poäng där Hugo. Vilka tror du att det var då?

- En gissning är att det var samma liga som tidigare bara att de hade bytt taktik.

- Hugo det verkar mycket troligt. Din Helga hade nog ändå rätt i att du har en del under huven. Jaja, genera dig inte det vet alla här att ni var ett par.

— Jamen, du förstår inte det hela. Att lämna Helga var det värsta jag fick genomgå när de körde mig ifrån Berget efter Nilson. Du vet inte hur han stånkade och pustade, det var ett sådant beklagande och beklämmande ljud. Efter krocken kunde jag inget göra, de släppte av mig vid en skrothandlare. Som tur var, trodde jag då, kom det några unga herrar för att kolla in mig. Efter en grundlig reparation köpte de mig. Men oj, de körde som riktiga tokar. De kallade det för folkrace, men det varade bara i några år sen dumpades jag här. Då hade de tröttnat och dess värre blivit riktiga ovänner så ingen av dem ville kännas vid mig. Ja, en och annan riktig skum tur hade det blivit också. Men det får jag hoppas att det har blivit preskriberat.

Äntligen hade Helga fått en förklaring till varför Hugo så plötsligt lämnat Berget, något som hon hade funderat på många gånger. Hon kunde inte hålla tillbaka utan utbrast...

- Så det var därför du försvann så plötsligt! I mina svarta stunder trodde jag att du bara hade lämnat mig utan att säga ett ord. Jag hade så svårt att tro det. Jag såg när Nilson stånkade uppför Berget men inte visste jag då att det var dig han skulle hämta.

— Jodå, det gjorde han men inte var det någon trevlig resa för mig. De hade lika gärna fått ställa av mig på Berget. Då hade du i alla fall inte fått varit så ensammen på Berget och vi hade kunnat tjattra lite om gamla tider.

- Ha ha, ja det hade varit roligt. Men du Hugo, hur hamnade Adam i Glömskans dal, vet du det?

- Den historien tror jag Adam får berätta, men han har haft många damer på sin lyra, svarade Hugo.

- NEHEJ, det vill jag väl ändå inte tro, skrattade Helga.

KAPITEL 2

Adams berättelse

— Vill ni verkligen det, för jag vill poängtera att den är utan skryt.

> - Ja ja gör det, Berta ser lite tveksam och betänklig ut visserligen. Men vi andra är nyfikna.

— Okey, när jag ännu bodde i Berget kom det en välbärgad herre med sin unga son, de tog med mig ner till sitt stora ställe i närheten av en stor hamn. I början verkade allt vara så bra, så jag tänkte att här kommer jag nog att sluta mina dagar och inneha en fet pension. Men tänk så fel jag hade, det dröjde inte länge förrän de båda drog åt var sitt håll i ren raseri. Sonen, ja, det blir lite svårt i historien om jag låter honom vara anonym, George, slängde in en del bagage och körde i hög hastighet till hamnen.

Ja, jag var inte så glad över att så hastigt bli uppryckt och tvingas upp i höga farter för att sen köras ner i ett lastutrymme. Där fick man knuffas med andra fordon en del av bagaget tog George med sig upp i en hytt. Vart vi skulle viste jag inte då men snart började det gunga under hjulen och båten Cary bedyrade att vi kommer att åka till flera hamnar innan vi når slutstationen. Vilken min station var visste jag inte då, men några skulle till Oslo, London och New York, ja det var några andra hamnar också men jag kommer inte ihåg dem.

Jo den första hamnen då George och jag lämnade båten var vid Newcastle det var skönt att få röra på sig lite även om det kändes lite konstigt i hjulupphängningen. Det konstiga var att han inte hade med sig hela bagaget tyckte jag. Men vi var inte ute på vägarna så länge, det blev bara några dagar och då hade George fyllt bagageutrymmet nästan till max tror jag. Sen blev det att åka in i lastutrymmet på Cary för fortsatt resa till vad jag då hade fått veta New York. Vad människan skulle där att göra visste jag inte. Det skvallrades ganska bra i lasten om alla hemskheter man kunde råka ut för i Amerika.

Något man skulle se upp med var de gula taxibilarna, vissa namn nämndes, men jag la dem inte på minnet. Under den långa över resan till New York kom George ner flera gånger och hämtade saker ur lasten, ja jag förstod nog att det var något han sålde. Men vad kunde jag göra åt det? Ingenting. När vi väl kom fram till New York hade lasten lättat betydligt och vi rullade iväg. Ut på Amerikas vägar tänkte jag först men det blev inte riktigt så.

Nej, efter ett tag visade det sig att han skulle till Buenos Aires i Argentina. Ja, nu trodde jag att George måste ha tagit sig lite väl vatten över huvud. På vägen dit fick jag sällskap med en av de fruktade amerikanska taxibilarna, Vegas. En tjej som var rätt så hårdhudad och framför allt en som hade skinn på näsan, så det var ingen idé att sätta sig på några höga hästar där inte. Gjorde man det blev man väl nerriven direkt. Nej det var lugnast att koncentrera sig på vad George skulle hitta på, ja vi hade våra funderingar Vegas och jag, att han skulle vara ute i lite ogjort väder men vi var inte riktigt säkra på vår sak.

Väl framme i Buenos Aires skildes våra vägar åt, Vegas och jag, det var tråkigt för hon var ganska käck och rapp i munnen. Men sådant är livet man möts och skiljs men de goda minnena har man kvar. Vad George skulle hitta på här i Buenos fick jag väl veta senare tänkte jag, och **det** var visserligen rätt. Men oj vilket knog, vi körde till en stor plantage där man sålde färdiga produkter, så George lastade på mig flera kartonger och så bar det av till de stora städerna och hamnen.

Efter ett tag räckte jag inte till så han införskaffade en större bil för ändamålet, Delta, med henne körde han runt med väldigt mycket. För att vi skulle må så bra som möjligt anställde han Raud. Ja, jag vill bara säga det, han litade jag inte på ett skvatt. Det tror jag inte heller att George gjorde för han blev en aning avvaktande på något sätt. Jag vet inte riktigt vad han väntade på.

Efter ett antal år i Buenos så åkte både George

och Raud med Delta över till Florida, vad de gjorde där vet jag inte. Efter hemkomsten hände en del ganska ruskiga saker som att en dag var George och Raud bara borta. Plantagen, fick vi höra, hade blivit beslagtagen och familjen hade skickats iväg, vart vet jag inte. Både Delta och jag trodde att nu hade vår sista stund kommit, men några för oss okända individer såg till att vi blev hemflugna till Sverige.

I flyget träffade vi på några mycket intressanta individer, förutom planet själv, Mozart eller Måsen som han kallades för, kunde komma med hisnande berättelser från hangaren. Vid sidan av Delta stod det en knepig filur, Moby, enligt honom var han en prototyp. Ja nog var han en typ alltid, på 2 hjul med en motor som godkände gas. Jaja, försök med den.

När vi väl landade i Sverige fick jag se en äldre herre, som visade sig var George far, och som enligt pappren ägde mig. Vart skulle de nu bära av? Han pratade med några på platsen och de såg till att jag hamnade i en järnvägsvagn, själv satte han sig i en bil och åkte iväg. Det tog några timmar, sen lastade de av mig och där var han, det var en till person där som jag inte kände. Men tydligen så var det han som skulle köra mig och det bar av, som det visade sig till Glömskans dal, jag blev både glad och förskräckt. Glad för att Hugo och Folke var där, men också förskräckt över i vilket tillstånd de och andra befann sig

i. Där ville jag inte vara. Man hade parkerat mig lite snyggt på sidan av vägen som ledde in till dalen. De gick bort till några som stod där och diskuterade riktigt vilt. Sen såg jag till min glädje att nyckel överlämnades till en ung grabb som hade inspekterat mig ordentligt.

Så kom jag in i en stor lokal där man såg till att jag fick en ordentlig upprustning. Efter ett tag körde de ut mig till hallen där jag står nu. Här har man fått se på när det har fyllts med fler och fler bilar och när Berta dök upp kunde jag ha hoppat ur karossen.

- Visserligen låter det bra, men jag föredrar att du håller dig i skinnet, Adam.

- Börja nu inte att bråka, jag tyckte det var en ganska intressant och trevlig story. Mot alla odds så har den slutat bra eller…

- Helga, vi har nog inte sett slutet än. Det är inte alla bilmuséer som har en ekonomi som sitt minsta bekymmer.

- Tror du att det är så i Bergets bilmuseum? Undrade Berta lite försynt.

— Det vet jag inte men det är roligt att få återse gamla bekanta och få nya. Berta hon har det bra som ännu har en motor. Min brann sist då jag var ut på en sväng så nu när de ska lufta mig får Grålle, en gammal traktor, dra mig. Jag har inte hört om de tänker försöka med att få tag på någon ny motor. Det är inte direkt billigt att införskaffa en motor även om den är begagnad.

- Men hör ni, både Adam och Berta har träffat Vegas och Delta, är inte det lite underligt eller vad säger ni? Berta, i vilken sorts familj hade du hamnat i sa du?

- Helga, om mitt minne inte har svikit mig, så sa Berta om sin familj bara att den var stor. En förklaring kanske vore på sin plats, kom det lite begrundande från Hugo.

— Ja, Berta kom igen nu. Du har talat om det för mig och gör inte du det så... pressade Adam på.

- JA, ja, jag ska, kanske imorgon.

- NEHEJ NUUU. Hördes det i kör från de övriga bilarna.

- Men vad kan jag tala om och för den delen stod bilarna redan där. Visst, de förmedlade sina historier till mig men jag vet inte om jag vill berätta dem.

KAPITEL 3

Bertas historia

- Okey, Berta men hur var det nu när du var där? Frågade Adam.

— Oj oj, ska man gå igenom det en gång till. Jaja, jag lär väl inte komma undan. Innan de hade inrättat mig i sitt stora garage så förstod jag att det stod nog inte så bra till med den familjen. Det de gjorde mest av allt var att bråka och tvista, hörlurar, hade inte varit så dumt att ha då. Efter ett tag hade människan i alla fall den goda smaken att ta med sig flickorna och lämnade huset och Domaren åt sitt öde. Det dröjde bara någon vecka så flyttade någon ny in och så började det hela om på ny kula med samma vända igen och igen. De stannade sällan för någon längre tid. Jag tyckte synd om Domarens två egna barn Pelle och Mirjam för någon bra far var han inte. Hur han skötte sitt ämbete kan jag inte uttala mig om men om man kunde få välja skulle inte valet falla på honom.

Helga som lyssnat förskräckt till det hela kunde inte låta bli att komma med en undran…

– Berta är det av någon särskild anledning eller..?

— I klarspråk så drack han för mycket, man kan nog säga att vägen mot alkoholism var spikad om inget drastiskt hände. I alkoholens rusning brukade han även misshandla människor, några av damerna brukade gömma sig i Delta. Den sista frun som jag minns hade han misshandlat länge, hon överlevde nog bara tack vare att han fick lov att åka bort från staden i sitt ämbete. Då brukade hon passa på att gömma undan både det ena och det andra i Delta, ja Mirjam och Pelle hjälpte till med det också. Sista gången jag såg henne var när Domaren hade ett tjänsteärende, bortåt Norrland tror jag, det var då hon satte sig i Delta och körde iväg. Efter några dagar kom Domaren hem och han var högröd i ansiktet då Delta inte stod på sin plats. Sen kommer jag ihåg att det ringde en person och frågade varför ingen kom och hämtade den bruna skåpbilen som stod på station. Det blev Mirjam som hämtade hem Delta, den tjejen kunde fixa det mesta som rör en bil. En riktigt duktig mekaniker. När det bråkades i huset som mest så brukade både Pelle och Mirjam hålla till här nere i garaget. Pelle brukade pyssla om Vegas som Domaren hade blivit tvungen att köpa till sin son, hi hi, där var han bra lurig den gossen.

 - Jaså, lurig på vilket sätt då? Hugo bara måste fråga det.

— Pelle hade skrivit ner Domarens löfte om att finansiera köpet av en bil som han hade valt ut på ett papper. Ett papper som Domarens arbetskompisar hade bevittnat. Med det papperet i sin hand och ett tidningsurklipp om en amerikansk taxibil som var till salu fick han Domaren att köpa bilen åt honom. Listigt eller hur…

Hugo som ville ha saker och ting riktigt klart för sig måste bara få säga det.

- Ja ja, det var lite klurigt, men hur kom det sig att Domaren hade både Delta och Mariana.

Berta drog en suck och fortsatte sin berättelse…

— Domaren köpte Delta vid en bilauktion som polisen hade anordnat och Mariana köptes efter påtryckningar från Mirjam. Visserligen såg man inte Domaren i garaget särskilt mycket men han var duktig och flink med att tvätta och vaxa bilarna. Att svetsa ihop saker och ting gick också ganska bra till en början, men ju mer han drack så blev det till slut ohållbart att låta Domaren fortsätta med det. Då hade Pelle redan skaffat taxikort och börjat köra först med Vegas och sen införskaffade han sig en ny taxibil.

- Hände det något mer? Undrade Helga.

— Ja, du förstår nu började de att dra in på Domarens arbetsuppgifter, han fick mindre och mindre att göra och till slut blev han uppsagd. Det var då ekonomin rasade och även Domaren själv för den delen för nu hade all kontroll släppt för honom. Man kan säga att det var tack vare Mirjam som det löste sig på bästa sätt för oss bilar. Huset såldes och den stora tomten styckades av och jag blev väldigt glad över att ha fått komma därifrån. Var mina vänner Delta och Vegas befinner sig vet jag, men Mariana, vet jag inte var hon är och det är ju inte heller säkert att jag känner igen henne…

Men nog känner man igen sina vänner och bekanta, tänkte Helga, det gör man väl? Hon måste bara få veta varför…

- Vad menar du, jamen det skulle du väl? Undrade Helga.

— Nehej du, Helga, Mirjam ville ändra på både färg och kaross. Den största drömmen hon hade var en folkacabb i rött, ungefär som den du ser längre in där till vänster?

- Men hur såg hon ut då du lärde känna henne? Dristade sig Adam att fråga.

- Det var ingen cabb och den var svart. Ganska stor skillnad eller hur…

- Tror du att vi törs fråga den röda cabben om hon är Mariana? Undrade Helga.

- Varför skulle men inte våga det? Det är väl bara att fråga Du folkacabben i rött vad heter du? Hojtade Adam.

- Oh, gick det upp ett ljus för lilla Berta. Jodå mitt namn är Mariana men jag tillhör en av tjejerna som arbetar här. Det var hon som räddade dig, Adam, när motorn brann.

- Jaså, var det hon. Ja, det är en duktig tjej. Berta jag vet att du inte ville berätta denna historia men nu vet jag vad mina vänner Delta och Vegas har fått gå igenom.

— Har du? Vi vet inte hur det kom sig att du och Vegas träffades och hur hon kom hit till Sverige? Sa Berta.

- Mariana, vet du något om detta? Frågade Adam.

— En del vet jag. När Vegas var ung körde hon ofta mellan olika kasinon och hotell i Las Vegas. Taxiägaren var lite av en spelare själv för han brukade spela med sina kunder. Den sista gången det spelades i den taxibilen var när insatsen var Vegas mot ett hus i New York. Vegas har berättat att då trodde hon inte sina öron. Vad tänkte människan på skulle han byta bort sitt levebröd mot ett hus? Tja, det gick som det gick han förlorade och fick lämna bort nycklarna, men själva taxilicensen behöll han. På morgonen efter började så en långkörning för Vegas till New York och när hon väl var där träffade hon många intressanta individer. Vegas brukade berätta historien om Buenos Aires.

- Jaså det gjorde hon. Till mig sa hon inget om något speltillfälle, bara om den nuvarande taxiägarens bravader, grymtade Adam.

KAPITEL 4

En försmak till Vegas berättelse...

Både Helga och Hugo kände att det här kunde bli något riktigt intressant.

- Jaha och det var...

- Många, men inte något att berätta om direkt. Men Helga om vi nu ska tvätta vår byk i offentlighetens namn, hur var det nu när du hamnade i diket på Berget?

— Ja, du förstår Adam att efter det att du och Berta försvann, ja Folke med, så hade några av de vilda pojkarna i den familjen som jag var placerad hos vuxit upp. Tyvärr hade de inte lugnat ner sig i någon märkbar grad, så när Ville tog körkort var det mig han körde som en vettvilling med i skogarna. Hugo, kommer du ihåg den där gången då Simon körde dig över skogen med Ville och mig i hasorna?

- Jo jo, det var inte lätt att hålla sig undan för dig ska jag säga.

— När sen Ville hade kört i några år, och lite för snabbt, och mot reglementet, så började han få polisbilarna efter sig. Det var i samband med den gången när jag hade två polisbilar bakom mig. Som vanligt sneddade Ville över skogen med en av bilarna efter sig, av alla de gånger man hade kört efter oss förstod, väl herrarna vart han skulle ta vägen. Den andra fortsatte längs vägen och körde upp och ställde sig i vägen. Vilket resulterade i att jag hamnade i diket som fanns där med näsan före och så var den resan slut. Sen dess har jag sett många underliga ting.

- Som vadå Helga?

— Minns du Charleston, Hugo, den som stod i den stora ladan?

- Ja, det var sällan de tog ut den för att åka i under de senare åren vi var där. Jag tror inte de hade kört i den sen Adam och Berta kom till Berget.

— Hm, när Nilsson tog dig med så stod Charleston fortfarande i ladan. Men du, förstår nu på sistone har den putsats upp och reparerats till viss del. Ja, den är inte ut på vägarna men familjen som nu bor i det stora huset har ställt ut Charleston så att ungarna kan klättra in och ut. En liten kille brukar sitta på förarplatsen och köra, han riktigt skiner upp och skrattar högt då.

- Jag hoppas det är inte är någon som får för sig att börja hoppa på taket bara, sa Hugo i en lätt konstaterande ton.

- Neej, det tror jag inte den skulle hålla för, kom det i en liten viskning från Adam.

— Förutom att Charleston fick komma ut ur ladan och få en rejäl ansiktslyftning så har det inte hänt så särskilt mycket. Vid den vägen som jag står har trafiken blivit tunnare och tunnare på sista tiden. Men Mariana sa Vegas något mera?

- Ja, hon berättade om långkörningen till New York men egentligen borde Vegas få berätta den själv, eller vad säger du Adam?

- Jo, men...? här kände Adam att han ville lämna in en liten protest. Man kunde aldrig så noga veta vad den fröken kunde kläcka ur sig.

- Vad är det nu då, Adam?

- Den är en aning ruggig om man säger så... kom det lite överslätande men inte övertygande från Adam

- Så den historien berättade Vegas till dig, sa Mariana.

- Nja, hon mera tog några kortare storyn från den resan men inte hela.

- Får vi andra höra någonting om den resan eller inte? Utbrast de andra en aning förtrytsamt.

- Ja, då det kommer ni att få, sa Vegas.

- Vegas hur kom du in? Frågade Berta.

- Jag är bara här på en kort visit. Hade en liten körning hit.

Vegas berättelse

— Vi startade från hotellet i Las Vegas en mycket tidig morgon. Han som vunnit mig funderade ganska länge över hur han skulle göra. För det första hade han en till bil den som han kom till Las Vegas i, för det andra ett hus att sälja, för det tredje en butler att avlöna, för det fjärde inget taxikort, för det femte nästan inga pengar.

Den som tydligast hade huvudet på skaft denna tidiga timma var butlern Charlie. För det han sa till herrn kom att bli en ganska lyckad affär. Det visade sig att Charlie hade en taxilicens så herrn satte sig i den stora bilen och så körde vi ut från hotellet.

- Du, Vegas, hur kommer det sig att Charlie hade taxilicens? Vet du det? Frågade Hugo.

— Jaha, det kanske jag inte sa, nej. Jo, Charlie var egentligen taxichaufför men eftersom han hade varit med om en krock och bilen var inne på reparation hade han tagit detta arbete som butler åt Lonsdale. Familjen ville ha någon pålitlig och vis person för att se till att Lonsdale inte råkade ut för någonting. Hmm, det gick ju inte så bra men han försökte verkligen, den gode Charlie, att hålla Lonsdale på rätt köl.

- Jaha, varför behövde han det? Frågade Berta nyfiket.

— För det första så var det hans första resa till Las Vegas, men Patriarken visste att Lonsdale var lite av en spelare. För den saken skull ville han ha någon som kunde hålla lite ögonen på Lonsdale, så att han kom hem igen. Ska jag fortsätta berättelsen nu eller?

- Ja, gör det, ropade Berta och Helga ivrigt.

— Efter några minuters körning stannade vi till vid ett mycket större hotell där jag såg att herrn gick upp. Efter en längre stund kom han ut med en familj som blev Charlies första körning till järnvägsstationen.

Det visade sig att hotellägaren lät oss stanna på hotellet i en vecka mot att vi körde runt med gästerna i båda bilarna. En av dessa gäster som vi körde runt med var även intresserad av en tomt i New York och då visade Lonsdale fotografiet på huset. Dra på alla trissor, han fick huset sålt. Men det var ett litet problem, den nya innehavaren ville se huset och på plats göra upp affären.

Jaha, då stod vi där igen, tänkte jag, men där kom Charlie till hjälp. Vi kan köra den nya ägaren till huset och under vägen kan han vara behjälplig med kostnaderna. Vilket han gick med på om det var i Alfred, den stora bilen, och med Lonsdale som chaufför som körde honom. Tala om att ställa sina egna krav. Att Lonsdale ville köra mig istället tänkte denna människa inte på. Men då talade Lonsdale om för honom att frågan, vilken som köra i vilken bil det var en sak mellan honom och Charlie och ingen annan. Så startade den lilla karavanen sin väg mot New York och en resa på route 66. Att den resan skulle bli både lång och svår innan vi nådde fram det förstod vi väl inte då. Att Lonsdale bytte mellan Alfred och mig knorrades det på men det brydde sig chaufförerna inte om.

– Är det så att det inte passar sig får han väl gå, hörde jag Charlie säga.

— Huruvida Lonsdale svarade på det eller inte hörde jag inget om, men ett vet jag, och det är att han nog höll med Charlie. Vid nästa motell som vi stannade vid hände det några ruskiga saker. Helt plötsligt och utan förvarning öppnades bakdörren och någon kröp in i baksätet. På morgonen när Lonsdale kom ut och skulle sätta sig att köra stod det en dam vid motorhuven.

- Om du ska till New York hänger jag med, inga konstigheter, tack, för det har vi inte tid med, sa den okända damen käckt och en aning rastlöst.

- Jaha och?

- Var en belevad chaufför och öppna dörren, människa, sa hon världsvant.

- Javisst…

— Jag tror han vart en aning konfunderad, den stackars Lonsdale, men han uppförde sig som en mycket belevad chaufför. Sen började en resa där jag hade lite svårt för att hålla mig för skratt mitt i allt elände. Speciellt när hon fortsatte genom att säga...

- Jag vill bara upplysa dig om att människan i baksätet är i högsta grad levande. Han är trött liksom jag och han som finns i den andra bilen är en skurk som kommer att dra ganska snart.

- Jaha, och var kommer vi andra in i den bilden?

- Se det som en olycklig omständighet. Du kommer väl ihåg hur kvällen har varit?

- Ja, den var ganska skjutglad om man säger så…

- Herrn i den andra bilen har fått en tegelsten i huvudet så han är ganska oklar där, för till-fället. Men han kvicknar till så småningom och då drar han in dit han hör hemma.

- Var då?

- Till Fängelset, förstås. Han är en skurk och bedragare som har spelat ut sitt sista kort. Så, den där stugan i New York kan du se som osåld. Hur ser den ut egentligen?

- Fotografiet ligger i handskfacket om du vill se den.

- Hmm… skulle nog kunna vara något för Esmeralda. **Men**, snälla du, hur kör du?

- Esmeralda?

- Ja, en vinproducent i Argentina. De behöver ett kontor i New York och någon som kan köra ut deras produkter för att sälja vidare.

Det borde väl finnas någon i New York som kan ställa upp på det?

— Det svarade inte Lonsdale på så det blev lite tyst en stund och vid vägen tog vi upp ytterligare passagerare till både mig och Alfred. Vid ett motorhotell blev vi stående en längre stund. Det enda man hörde var ett ordentligt spektakel med batonger och pistoler. Bagaget som var i Alfred slängdes ut och genomgicks i en faslig fart. Herrn i baksätet arresterades och föstes in i en väntande bil tillsammans med en massa andra människor.

Man kunde undra om resten av resan skulle bli lugnare och vilka som skulle åka med nu? Javisst, det var den där damen och eventuellt han i baksätet. När vi började vår resa efter stoppet var det med Charlie som chaufför och om damen hade något emot det vet jag inte för hon sa inget om det. Men herrn i baksätet var inte med av någon anledning. Vi stannade och tog upp några betalande kunder mellan motellen på route 66. Vid de gångerna hoppade hon över till Alfred och vad han fick höra vet jag inte. Det enda som man kan säga är att Lonsdale verkade något förvirrad och nervös av någon anledning, bara han nu inte fick någon hjärtattack, stackaren.

Under resten av resan fram till New York fortsatte den utan större incidenter, bara några små, som att vara på väg ner i diket när Lonsdale körde. Att han tydligen hade fått något att tänka på mer än vanligt märktes för han var något okoncentrerad. Skärpning, tack, önskade man ett flertal gånger. När vi närmade oss New York hade jag Lonsdale och Damen i bilen som kunde kläcka ur sig både det ena och det andra i sin stollighet, om man får säga det.

- Lonsdale, vid caféet där borta, har jag stämt träff med en herre från Esmeralda angående huset i New York.

- När bestämde du det?

- Vid motellet för några dagar sen, jag ringde till honom och bad om en liten träff här.

- Och **det** säger du först nu. Fattar du, jag måste göra mig av med det där huset.

- Du blir av med det nu...

- Jamen om han nu inte vill ha det. Vad gör jag då?

- Frågar Charlie, kanske, han verkar kunna ta fram råd och lösningar när det behövs, till det mesta här i livet.

- Hur vet du det?

- Frågat honom, så klart. Det var han som rådde mig att passa på och ringa mellan skottlossningarna och arresten, förresten.

- Jaså, han gjorde det, är det något mer som du har att förtälja om cafét?

- Herrn ska visst ha någon med sig i Caféet som är beredd att bli en del i kedjan, så att säga, han har en bil, men om det behövs en bättre bil till transporterna kan han införskaffa det.

- Borde inte Esmeralda stå för det?

- Naturligtvis, men han har den så kallade kunskapen om vilken bil det skulle röra sig om, så att säga...

- Jaha?!

- Till att börja med blir det i dennes bil bara. Sen, ja det beror på hur det utvecklar sig... Men du ska köra vidare till Buenos Aires med Esmeralda och som följeslagare blir det den andra herrn.

- Nu... på en gång?

- Nej, efter att vi har gjort de nödvändiga arrangemangen och du har lämnat av mig vid huset. Charlie har varit behjälplig med namn på byggfirmor och sen sätter vi igång med planeringen när du har åkt.

- När katten är borta dansar råttorna på bordet menar du...

- Något ditåt kanske, men hur som helst blir det bra.

- Vadå?

- Oroa dig inte. Huset kommer att stå kvar, tror jag...

- Vad..!

- Vägen, Lonsdale, håll ögonen på **den**.

— Puuh, det var nära ögat. Jag undrade om inte den tjejen ändå hade tagit kommandot i denna historia, det verkade så. Men det hela lugnade sig så småningom och vi fortsatte vår vidare färd mot Buenos Aires och som vi vet hade jag fått en ny kamrat, Adam.

- Jag må då säga, Vegas, vilken resa du har haft.

— Ja, Adam, det hände ganska mycket och samtalen i bilarna ojoj, de kunde bli väldigt dråpliga.

- Kan förstå det, men hur klarade du det?

— Du förstår, i mitt yrke får man lära sig att tvätta öronen. Men de bästa bitarna vill man ju komma ihåg, blinkade Vegas menande till Adam.

- Hahaha, det kan jag tänka mig, några skratt behövs till ålderns höst.

- Men Hugo då?

- Ja, Helga, på de ställen vi står kommer inga skrattretande händelser direkt.

- Säg inte det?

- Hur menar du?

- Nu i våras när ishalkan slog till ordentligt såg jag först en resväska passera på vägen, på sin resa mot stenen vid vägkröken. Efter den kom det sen en dam glidande på baken. Ni skulle ha hört henne…

- Hurså?

- Samtidigt som hon flaxade med sina armar skrek hon "uti alla vägars elände och spektakel, hur kan man låta folk fara fram på detta sätt..?". Damen tystnade när hon kom fram till den stora stenen där resväskan redan var. Efter en stund kom det en herre glidande nerför backen och i händerna hade han med sig broddarna, som han viftade lite med. Under tiden skrek han "Jag kommer med broddarna, älskling". Varför han inte hade tagit sina på sig för en säkrare nerfärd vet jag inte? I alla fall när de väl fått broddarna på skorna, började de att knalla upp så sakteliga. Det var roligt att se och höra när paret åkte nerför, men ännu roligare när de gick uppför.

- Varför då?

- Jo, Berta för när de gick uppför vägen så snubblade och halkade samtidigt som de snattrade om och beklagade sig om vägarnas så kallade framkomlighet. Ja, resväskan den åkte än hit och än dit, **om** den var hel när de kom upp vet jag inget om. När de beklagade sig som värst över den lilla vägen då skulle de bara veta hur den såg ut för 20-år sen. Det var en riktig liten föreställning och jag satt på fösta parkett för att se den.

- Hi, hi, hi, det där skulle vi nog också vilja ha sett, skrattade Berta.

- Men Vegas, hände det nått mer på din resa? Undrade Hugo.

— Innan vi åkte från Buenos Aires hade Lonsdale gått ut för att ordna en båtresa till New York. Där träffade han en som behövde åka på stört från Buenos Aires, individens slutstation som jag förstod var att från den Mexikanska gränsen ta sig in till USA. Så vi anträdde en orolig resa mot Mexiko, hur det hela skulle ha slutat vet jag inte, men då fick Lonsdale en ovanlig snilleblixt.

- Det går en fraktbåt till Montevideo nu. Vi kan ta den istället till att börja med eftersom du måste lämna staden på stört, som du sa.

— Så det blev en liten båttur i alla fall. Efter Montevideo, oj, oj, oj, den resan hem vill jag inte minnas. Det var en enda röra tydligen hade denna kund kommit i kläm på något sätt för han var eftersökt av flera. Men, hur som helst, vi kom fram till Mexikos gränser och körde in i USA på en ganska risig väg, måste jag säga. När vi nådde ett litet samhälle tog vi en längre paus i åkandet. Det var behövligt för både det ena och det andra hade tagit stryk under resans gång. Det var en grabb där som var rätt duktigt på att fixa till mig, den grabben borde ha fått beröm.

Sen började vi köra ut på vägarna. Den här gången byttes de om att köra så att det kunde gå undan till New York, för det var något som tydligen var rätt så viktigt att meddela. Under vår resa mot New York uppsökte han vissa kontor, vad det var vet jag inte, men lite underligt var det.

Väl hemma igen vid huset, som var något annorlunda fick jag en välbehövlig semester. Puh, vad man hade fått stått ut med. Punkteringar, oljebesvär, fläktremmar som hoppat ur led och bensinstopp, vägar som var som ko stigar, svängde i 90° om inte till och med mer. Ja, nog behövde jag en semester efter det, innan man skulle ut på de lugnare vägarna i den stora staden.

Efter några år sålde Lonsdale mig till en person som bodde långt bort. Han ville ha en amerikansk taxibil att fixa upp och köra runt i Sverige, av alla ställen. Jaha, så träffades vi, och sen vi skildes åt har vi inte träffats på mer än vid veteranträffar.

Men efter att den nya familjen och företaget har växt så kom vi att flytta till Berget och in i det stora huset. Det var de som du Helga såg komma glidande utför backen. Jag kände igen din story för den talade Karlsson om för några som kom på besök. Det är Karlsson som nu tar hand om oss, bilar, och familjen.

> - Oj, vilken resa du har gjort, Vegas, men nu är du väl här för att stanna, eller hur? Sa Adam.

— Vad vet jag, herrn är visst inne och pratar med någon nu, och vad som kan komma ut av det vet jag inte.

KAPITEL 5

Ett resonemang som förändrar...

Nu hörde bilarna i museet att det var några som kom och de lyssnade uppmärksamt för att få veta vad det kunde röra sig om.

- Ja, men då säger vi så, muséet tar hand om taxibilen under sommarhalvåret och så hämtar du den i oktober, sa Direktörn.

- Ja, skulle det bli problem kan du höra av dig, men behöver jag den för någon extra körning hör jag av mig, men jag tror inte det blir aktuellt, fortsatte Pelle som var Vegas ägare.

- Okey, bekräftade Direktörn.

Nu blev bilarna lite uppspelta då de fick höra att Vegas får vara kvar i muséet.

- Vegas, det ser ut som om du får stå här ibland, i alla fall, sa Hugo.

- Ja, det är väl inte så dumt, i alla fall, sa Berta.

- Kanske inte. Men man vill ju så gärna ut på vägarna och röra på sig, synd att det bara är under sommaren som det är någon större idé att använda mig i detta land.

- Kom ihåg Vegas, vi kommer att finnas på en del veteranträffar och vid fint väder får vi ställas upp här utanför till besökarnas glädje, kunde inte Adam låta bli att säga.

- Okey då, men jag tycker i alla fall att det vore trevligare…

- Inget mer snack nu om det, vi har det bra här, begrips. Hörde man en barsk röst säga

- Vem vad det där? Någon som känner igen honom, undrade Vegas.

- Det är Grålle, han brukar komma in hit med nya bilar och transportera de som inte längre har en fungerande motor, förtydligade Adam.

- Jaså, på så sätt.

- Var det något särskilt du hade på hjärtat, Grålle? frågade Berta.

- Vi har fått besök av en familj som har ställt upp sin omgjorda folkabuss här utanför på parkeringen, den är otrolig. Det är Delta som har dykt upp bara så där. Det är en familj som har sin semester här och de bor i folkabussen.

- Vad är det för otroligt med det? Mirjam, Domaren och Pelle bodde i den på veteranträffarna. De hade fixat med sängar och uppfällbart bord, det kan inte ha varit några större problem att fixa till den ännu mer, frustade Vegas.

- Nehej, men då får ni väl vänta och se, hur fin hon är nu, sa Grålle.

- Så de har gjort ännu mer då, undrade Berta.

- Var det inte någon som pratade om någon brun skåpbil? Kom det frågande från Hugo.

- Jo, men det var vad den killen i luren sade, men det stämmer inte helt riktigt, sa Mariana.

- Jaså, inte det? Undrade Helga.

- Delta hade en mörk beigeaktig färg och i mörkret kunde man uppleva den som ljusbrun, men hon hade även en annan färg, den hade han väl inte sett då, fortsatte Vegas.

- Jaha, det var alltså på det sättet, sa Helga lite klurigt.

- Men Helga hur känner du Danny? Frågade Berta

— Efter fabriken så fick jag stå i en mycket fin bilsalong där ägaren hade några äldre bilar stående. Vid den här tiden, ja, det var ändå ingen som kunde tänka sig att köpa en T-Ford, men många stannade till vid dessa bilar, speciellt unga grabbar och en del flickor. Det var Danny som stod närmast mig i bilsalongen och han berättade lite från gamla tider och om det löpande bandet. Innan jag såldes från salongen fick ägaren lov till att ta bort dem, från själva salongen, eftersom det fanns de som tyckte att de gamla bilarna hade en menlig effekt på försäljningen. Ja, hur det var med den saken vet jag inte men de äldre bilarna, som var tre stycken, hade sin lilla publik.

Ofta så ville barnen leka vid bilarna och gärna

klättra upp i förarsätet, som de naturligtvis inte fick. Gjorde de det kom starka män och helt enkelt lyfte ner ungarna sen fick de stackarna veta vad som gällde. Så det var nog mer av den anledningen som bilarna försvann, tror jag i alla fall.

- Men Berta, du träffade några andra vid det tillfället, vilka var det nu? Madame Louise och Bobby eller hur? Frågade Adam.

- Jovisst, men jag undrar just nu mera över vad som händer här utanför? Vart tog Grålle vägen?

- Han ska visst dra in några nya bilar, tyckte jag mig förstå, när han viskade i mitt öra, sa Helga.

- Talade han om vilka de var då? Undrade Mariana.

- Nej, jag tror inte han visste det. Men vi får väl veta när de dykt upp eller…

- Men det är ju Madame Louise han kommer med. Undrar vad hon har varit med om?

- Ni får väl fråga henne, det har ni väl inga problem med, sa Vegas en aning stött.

- Men hon kan väl få inrätta sig först, Vegas, innan vi frågar ut henne? Tyckte Berta.

- Pyttsan, Madame Louise, vad har du varit med om i din livshistoria?

- Snälla du, inte nu, jag måste få ta igen mig ett tag.

- Så du tänkte det, ja.

- Tänkte och tänkte. Det är vad jag vill, ha lite lugn och ro i min ensamhet.

- Det kan du glömma illa kvickt. För här finns det en åhörarskara som vill höra din lilla berättelse, kom det käckt och glatt från Vegas som höll på att gå i taket av ren nyfikenhet.

- Men Vegas då, kom det lite anklagande från Helga men hon var bra nyfiken själv.

- Ja, men var det inte det ni ville eller... tyckte Mariana som mitt i meningen blev avbruten av Helga.

- Naturligtvis vill vi veta men, Madame Louise, kan väl få ställa upp sig ordentligt först, tyckte Helga.

- Varför det? Undrade Vegas.

- Ja, men du ser väl hur slut hon är, försökte Adam.

- Neej, det gör jag inte. Så fram med din story, Madame Louise.

- Jaha, var vill ni att jag ska börja då.

- Det får du avgöra själv, Madame Louise, avgjorde Hugo.

KAPITEL 6

Madame Louises berättelse...

— Jaha då får det väl bli från början då. Min första ägare och chaufför, hade beställt mig från Javel-fabriken i Frankrike, han hämtade mig en solig morgon och så fick jag börja rulla på vägarna. Den chauffören var något ovan och fumlig vill jag säga, ja, jag var tvungen att protestera redan på min jungfrufärd, så att säga. Som tur var visade det sig senare att det inte skulle bli min ordinarie chaufför och ägare. Nej, han som hämtade mig från fabriken gav bort mig till sin äldste son, som kom att bli min nye ägare och chaufför. Varför han gjorde det är mig en gåta men som sagt inte alla gåtor har ett givet svar. Familjen, som jag hamnade hos drev en liten firma som om tiderna utvecklades väl skulle kunna bli något riktigt stort. Men efter några år började familjefadern ana lite oråd och skickade den äldste sonen till Sydamerika, där han hade en kusin, med en låda som innehöll plantor från vingården. Den gode mannen visste att hans avlägsna kusin skulle ta emot sonen med öppna armar, speciellt om han hade några vinplantor med sig. Som reskamrat, eller vad man ska kalla det för, hade Lionel, husets äldsta son, med sig en judinna och hennes son som arbetat hos familjen i några år.

- Madame, kan du inte tänka dig att det kunde vara en räddningsaktion för flickan och barnet, undrade Berta.

- Sonen, han kom väl aldrig med i kriget då han befann sig så långt hemifrån eller..? Klämde Helga in med.

— Det är mycket möjligt om man tänker på hur det urartade sig och vad Hitler och hans anhang höll på med. Men hur som helst, åkte vi till Monaco och därifrån tog Lionel på sig att skriva upp oss på en båttur till Rom. När vi kom fram var det rena rama hysterin. Alla, eller i alla fall ganska många, skulle med båten till New York. Egentligen skulle Sarah, ja judinnan hette så, och hennes lille son inte fått följa med men där drog Lionel en som ni skulle säga "en liten vals".

- Jaså, det skulle vi och det tror du om oss bara sådär att du inte skäms, protesterade Vegas.

- Jamen, om det var för att rädda undan människan och den lille sonen, Vegas. Skulle du inte göra det då? Frågade Berta.

- Vegas där fick du något att bita i, skrattade Adam.

- Men Madame Louise vad var det för en vals han drog? Frågade Mariana.

— Oh, det tror jag nog ni kan gissa. Han talade bara om att de hade fått tillåtelse att ha sitt bröllop på båten av kaptenen. Som tur var kände han kaptenen på båten och när tullinspektören frågade om han hade lovat denne herre något så svarade kaptenen bara "ja, det hela är okey". Så då tog han och körde in mig i lastutrymmet där en del andra bilar stod. Sarah och hennes lille son gick upp för landgången och där uppe på däck fick hon en nyckel till sin hytt.

När vi anträdde vår resa ut på det blåa Medelhavet så frågade Lionel om kaptenen kunde viga honom med Sarah. Sarah tyckte nämligen inte om att Lionel kunde bli anklagad för att ha farit med osanning om inte någon vigsel skulle ha ägt rum. Jag måste säga att det hedrade henne men de var ganska trevliga tillsammans nästan som ett riktigt litet par. Kaptenen i sin tur avslog den begäran med att säga "i dessa dagar får vi ha tur om vi överlever resan och att distrahera manskapet med ett bröllop **gör jag inte**". Jaså, inte det nej, men det låg nog mera bakom det än att det var frågan om en vigsel, tror jag i varje fall. Men hur det var med det så kom vi i varje fall till New York.

Lionel kontaktade en släkting till Sarah som bodde i Florida. Vi körde genom USA till dennes adress och inkvarterade Sarah och hennes son där, innan jag och Lionel fortsatte på vår färd mot Buenos Aires.

- Har inte den staden figurerat tidigare i vår story, jag tycker mig ana någon gemensam länk här någonstans, funderade Hugo högt.

- Det känns nästan lite kusligt oroande, Helga, sa Berta lite andlöst men med ett klappande hjärta.

- Om vi låter Madamen fortsätta kanske vi får reda på det, sa Vegas som satt som på nålar för att få höra slutet.

- Jo, men visst är det lite knepigt att här står vi och bär på någon gemensam länk, sa Berta.

- Fortsätt Louise, nu börjar det bli riktigt spännande, eller vad säger du Hugo? Frågade Adam.

- Jaja, en håller på att fundera ut hur det hela hänger ihop, men jag tror nog att ...

- Att du har funderat ut det ja, men det får vi inte veta om vi ska fortsätta på detta vis. Kör Madame... kommenderade Vegas.

— Tack Vegas. Alla dessa stop gör mig en aning snurrig. Men hur som helst tog vi och anträdde en båt som tog oss vidare till Cuba. För att komma från den ön följde vi med en båt som anlöpte olika hamnar utefter Sydamerikas kust. Kaptenen behövde någon som kunde hjälpa honom under färden med att lasta och lossa. Så Lionel hjälpte honom mot att vi fick hänga med och när vi kom fram till Buenos Aires tackade båtägaren för hjälpen. Vi fortsatte sedan mot släktingens plantage och när vi kom fram låg hela huset och ruvade i någon konstig tystnad, som jag då inte förstod.

Det visade sig att ägaren hade fått en kraftig hjärtattack och man kunde inte rädda honom och mitt i allt elände så kom vi. De enda som fanns i huset var några arbetare och en kokerska, och här kommer vi från Frankrike. Som tur var så var de ändå förberedda på att Lionel skulle komma, eftersom hans far sänt flera brev till kusinen. De hade bara trott att vi skulle kommit lite tidigare. När arbetarna fick se vinplantorna så jublade de och kramade om Lionel.

Efter många års arbete med vingården hade man börjat skönja att man skulle kunna expandera och sökte efter olika möjligheter att göra detta på. För att det skulle bli så smärtfritt som möjligt så bildade man ett bolag och Lionel drog sig tillbaka. Det dröjde inte länge förrän han dog och då skickades jag vidare till en avlägsen släkting i England. Men den damen hade inget till övers för gamla bilar utan sålde mig till en bilentusiast i Sverige. Med tiden började det bli mer och mer ekonomiskt ohållbart för honom. När han fick höra talas om Bergets bil museum och om vad de tillsammans med kommunen har planerat att göra skickades jag upp hit.

KAPITEL 7

Kommunens planer för museet...

- Vad har kommunen planerat? Frågade Berta.

- **Jag** förstod att det hade något med Adams vinplantage att göra, utbrast Hugo.

- Har han varit där? Undrade Madame Louise.

- Jag har det men jag såg inte dig, Madame Louise, svarade Adam frankt.

- Det är nog mycket möjligt då min vistelse kom att bli mest i garaget förutom några korta turer i början.

- Åhå, men som Berta frågade, vad var det för planer kommunen hade? Frågade Helga.

- Det var bara något som jag hörde att de talade om, men de sa inget mer preciserat vad det rörde sig om.

- Kan det vara det som Mirjam, Bertil och Direktören pratade om med någon kommunpamp. Att de kanske får lov till att genomsöka omgivningarna efter gamla bilar och andra saker som man har slängt ut i naturen. Något EU-projekt tror jag det var de pratade om, sa Mariana.

- Då kanske vi kommer att få se Helga, Hugo och Folke här menar du? Undrade Adam.

- Kan det vara om det som affischen där borta handlar om. Att ett nytt skrotupplag ska slås upp så att man kan finkamma kommunens skogar från metaller och dylikt som folk har lämnat efter sig eller ställt ifrån sig... sa Berta.

- Jamen de står inte bara på kommunens mark. Glömskans dal ligger väl inte där, tror jag? Sa Mariana.

- Det är Storas marker men nog kan skrotupplaget gå över dem med eller..? Undrade Berta

- Det är väl i deras eget intresse att bli av med bilarna eller har jag fel? Sa Adam.

- Det borde de vara... sa Hugo fundersamt.

- Vad menar du med att det borde det vara? Frågade Berta.

- Tänk efter själv. Att stå där ute i skogarna eller på andra ställen för att förmultna, mycket långsamt och skräpa ner i naturen. Det kan inte vara hälsosamt för naturen. Det är inte bara metallerna, det är oljan, bensinen och gummit, kylarvätskan och batteriet. Ska jag göra listan längre eller..? Frågade Mariana.

- Okey, vi är hälsovådliga för naturen och av den anledningen bör vi tas om hand på ett riktigt sätt istället för att stjälpas av i naturens hårda vård. Konstaterade Vegas.

- Men det är väl bättre att de tas om hand och får ett värdigt slut, än att bli avställda i Glömskans dal eller på andra ställen, protesterade Berta.

- Du har så rätt lilla Berta, tyckte Hugo.

- Då kanske jag får lämna mitt ställe här på Berget till slut ändå.

- Det var väl det du ville, Helga, påminde Adam henne.

- Jo det är klart, det är väl det att man inte riktigt vet vad som väntar en.

- Enkelt, du blir isärplockad och det som kan återanvändas tas om hand, det som är miljöfarligt skickas iväg till rätt instans och sen är dina dagar över.

- Men Vegas då, så du säger att Helgas dagar är räknade.

- Antagligen dina med Hugo och troligen Folkes också. Eftersom det inte var speciellt mycket kvar av honom där han ligger, fortsatte Vegas bekymmerslöst.

- Visserligen, men han är ändå min kamrat här i Glömskans dal, grymtade Hugo.

- Vad är det ni tjafsar om? Har ni inte haft ett bra liv och en fin gemensam historia, kanske? Kom det från Grålle som sin vana trogen bara dyker upp sådär som en annan gubbe i lådan.

- Men Grålle då... sa Helga lite bekymrat.

- Ja, vad har ni att beklaga er för? Tänk på den stackaren som nu är på väg in. Han såg bedrövlig ut för några veckor sen men den har de fixat upp ganska bra.

- Jaså och vem är det som du tänker dra in i lokalen då? Frågade Adam.

- Jag tror Vegas känner honom om inte annat men hur han har kommit hit ville han inte tala om för mig.

- Inte?

- Neej, han utryckte det "som att det var under hans värdighet och till ytterligare visso en händelse han inte var särskilt stolt över. I det något annorlunda garage han hade blivit uppställd i som var, både kall och mörk, hade de kastat en presenning över honom, antagligen som skydd, och ställt dessutom en kartong bredvid höger framdäck". Det var när några hittade kartongen, som de undersökte bilen och ringde till kommunen om den. Den svarta kattungen som låg i kartongen togs om hand av Mirjam. Hon döpte kattungen till Puma och vi får nog stå ut med den lilla Puman här i lokaliteterna.

- Jaha då får vi tassar på lacken och det blir inte roligt, kläckte Vegas ur sig.

- Roligt och roligt, allt här i världen är inte roligt. Nog kan vi klara av en liten Puma alltid, de spinner så trivsamt.

- Ja, ja, ja, de gör de, plus att de river upp klädseln som finns i min bil, sa Berta.

- Men vi som har läder kommer hon inte åt, trallala.

- Nu börjas det.

- Vadå Grålle?

Här hade Grålle rätt för in i muséet kom Direktören med en delegation av tidningsmän och fotografer.

— Här mina bästa damer och herrar har vi några av bilarna som finns på Bergets bilmuseum. Vi kommer att ha ett utökat samarbete med andra intressenter som gör att bilarna kommer att cirkulera runt om i landet. Bilbyggarna som ni såg i Folkvagnsbussen kommer att hjälpa oss att på bästa sätt ta tillvara på de bilar kommunen hittar i EU-projektet. De kommer att se över och fixa upp bilar som senare kan ställas ut i bilmuséet.

- De som inte kan tas tillvara då? Dristade sig en av journalisterna att fråga.

— Man kommer att bygga upp vissa av dem igen från grunden så att vi kan få ett historiskt perspektiv på bilbyggandet.

- Kommer man att ta in bilar som inte är klassade som veteran? Undrade en annan.

— Ja, de kommer att visas upp vid den specifika utställningen som är planerad och då tillsammans med den eventuella framtidsbilen.

- Oh, så intressant, tyckte en fotograf.

- När kan den utställning bli aktuell? Ville en annan tidning få veta.

— Jag tror ni förstår att det kommer att ta tid innan vi blir helt klara. Men som det ser ut nu tror vi på mellan 3-5 år.

KAPITEL 8

Bilbyggarna presenteras och frågetecknen rätas ut, kanske...

- Grålle, hörde du? Flämtade Berta.

- Jaa, men frågan är vilka bilar de kommer att bygga upp? Undrade Grålle.

- Det kan vi väl bara hoppas på antar jag. Vilka är Bilbyggarna och i vilken Folkvagns-buss finns de? Undrade Berta.

- Det är Delta de pratar om. Några av dem som bor i Delta tillhör Bilbyggarna. Han som är chef där, Raud, tror jag några av er känner, fortsatte Grålle med att förklara.

- Raud, är det inte han som Adam talade om men vilka mer är det som har träffat Raud eftersom du sa några, Grålle? Undrade Hugo.

- Vegas och Mariana, har ni inte talat om för de andra att Raud hjälpte Mirjam och Pelle med reparationerna?

- Nej men... började Berta.

- Jaha ja, Berta var inte i behov av samma helrenovering som Vegas och Mariana menar ni. Här kunde Grålle inte låta bli att verka både högtravande och överseende med tanke på den undanhållna informationen.

- När jag kom dit var de inte skröpliga utan

rätt så fina tyckte jag. Visst det behövde säkert göras en hel del till. Vegas blev hämtad för att genomgå någon lackning, tror jag det var, eller blästring, jag vet inte så noga, försökte Berta försvara sig.

- Det mesta hade skett innan Berta kom, så du kan inte känna inte till Raud så väl. Domaren träffade honom på en veteranträff och det är en mycket kunnig person och han var den som började med Bilbyggarna. Pelle och Mirjam fick vara med och lärde sig en hel del av honom, sa Vegas som en förklaring.

- Jaså, på så sätt. Det enda jag vet är att det var en herre som kom och hjälpte Pelle och Mirjam ibland, men vad den människan hette vet jag inte. Men sa inte Adam att han inte litade på honom? Funderade Berta.

- Jo men… Det var det att när George körde med Delta för att leverera vinkartongerna så tog Raud och körde mig till vinplantaget och fyllde bagaget med något annat. Jag tror att man planterade andra sorters plantor i den gamla vingården som man sålde till några skumma individer.

- Jaha, och därför litade du inte på honom, konstaterade Hugo.

- JA, men jag var inte ensam om det. Delta litade inte heller på denna Raud, stackars Adam började varva upp sig ordentligt.

- Okey, okey. Ta inte illa upp nu Adam, försökte Vegas för att rädda upp situationen.

Delegationen som nu hade vandrat runt en del kom fram till ett ställe i närheten av Vegas, där ett college satt. Delegationen hade nu utökats med Raud.

— Som vi ser här borta har vi börjat med att skriva upp vilka som befunnit sig på Berget samtidigt inom en 10års period av bilmuséets bilar, började Direktören med att säga.

- Men varför har de fått namn? Undrade en av journalisterna.

— Så att vi kan hålla isär dem från de övriga bilarna det blir lite lättare då. Sen har vi väl alla sagt antingen hon eller han om bilarna eller?

- Jo det har man nog gjort. Men vem är det som står för denna forskning? Frågade en annan journalist.

— Det är min fru tillsammans med Direktören som även han har levat här på Berget och som känner till de bilarna som vi talar om. Direktören är nämligen en släkting till den sista av våra gruvdirektörer på Berget, Gruvdirektör Dahl d.y. Han är väldigt intresserad av gamla bilar och har åkt runt i världen för att hämta tillbaka de som kommit på avvägar kan man säga. Det är honom vi ska tacka för att bilarna kommit tillbaka och även de som varit en del i deras historia, förklarade Raud och fortsatte sen att berätta. När

Direktören fick höra talas om EU-projektet tog han kontakt med kommunen. Tillsammans har de planerat för hur vi från Bilbyggarna ska gå vidare, för att hitta de bilar som finns ute i vår natur. Jag kan bara instämma med Direktören i att om man får med deras historia kan ett besök på bilmuséet ge besökarna ett större utbyte.

- Det kan du ha rätt i, tyckte en entusiast som hängde med delegationen.

Men nu började Puma bli en aning trött på allt prat så hon hoppade upp på Rauds axel och lät sin vänstra lilla tass göra en liten båge och landade på Rauds mun.

- Är det där ett tecken på att du ska vara tyst?Frågade en av journalisterna.

Något svar hörde vi inte men Raud nickade lite svagt, då tackade alla i delegationen med besökare och journalister för förevisningen och gick.

KAPITEL 9

När ladan är tom och mörk...

- Så det är därför vi har samlats här. Jag tyckte nog att det var lite väl mycket av ett knepigt sammanträffande, för att vara sant, sa Vegas.

- Men visst är det roligt att få träffas igen efter så många år, tyckte Berta.

- Jo, det kan man nog bara instämma vid, sa Hugo.

- Det känns nog lite som en klassträff skulle jag tro, sa Mariana.

- Vadå klassträff? Vi har väl inte gått i någon klass? Utbrast Helga.

- Neej, jag menade inte så. Men Mirjam pratade om att hon skulle på en klassträff för ett tag sen och hon var riktigt nervös. För som hon sa, man vet ju inte vad man ska prata om, det var så länge sen och de man var kompis med då kanske man inte vill vara tillsammans med nu. Man har fått helt andra perspektiv på tillvaron som man kanske inte delar nu.

- Kanske det men... ändå, funderade Berta.

- Jag undrar i alla fall, var vi kommer in i bilden, det måste vara något mer..? Tyckte Helga.

- Rauds fru måste tycka om historia och direktören med för den delen. Men vilket arbete de måste ha haft för att få tag på informationen och hitta oss i förskingringen eller vad säger ni? Undrade Adam.

- Men, finns det inte något som heter bilregister? Eller heter det något annat..? Som håller reda på vilka som äger bilarna och skickar ut ett skattemärke varje år, kom det från Berta.

- Jo, det finns det. När du säger det kommer jag ihåg det. Det byttes ut varje år, sa Helga.

- Nu när alla har gått skulle man kunna få lite lugn och ro då… undrade Madame Louise

- Hurså, Madame Louise, är du rädd för att inte få din lilla skönhetsömn? Kunde Vegas inte låta bli att retas.

När mörkret och lugnet precis infunnit sig så hörde man någon säga ute i verkstan.

- **Det är förgrömmat** också, skrek den äldre av Rauds två söner.

- Vad är det? Frågade den andra.

- Jag har tappat bort min nyckel? Förklarade han i lugnare ton.

- Vilken av dem? För det finns flera att välja på så att säga.

- Till bilen i hörnet, den där som vi höll på med igår. Jag fixade fram en nyckel men nu hittar jag den inte? Sa den äldre brodern samtidigt som något av en hysteri började komma krypande.

- Jaså, den. Den hängde farsan upp där borta, på tavlan.

- Men den är inte där.

- Ja, men den var där när journalisterna var här inne.

- Hur ska vi bli klara med Alfred om vi inte har nyckeln?

- Vadå?

- Du vet att morsan har satt namn på vissa av bilarna och den grå Bentley gav hon namnet Alfred. Men nyckeln var är den?

- Varför letar vi i det här mörkret nu lär vi inte hitta...

- Vart tog du vägen?

- Jag är här nere

- Var gör du där? Vem har lyft upp locket till källaren eller vad det är?

- Vet inte, men det ser ut som nån sorts gång. Men lite underligt är det, vad hade verkstan varit för något, vet du det?

- Jag tror farsan sa att en stor Snickare har haft sin verkstad i den mer än så vet jag inte.

- Är du säker på att han bara snickrade?

- Familjen hade tydligen en liten gruva för

länge sedan men så skedde det en olycka och därför flyttade de hit.

- Var hade de den?

- Vad har det med saken att göra?

- Kom ner själv så får du se?

- Kära nån vad är det här?

- Tydligen en tunnel, men till vad? Du ser ju själv hur rena väggarna är och att man har byggt gedigna ställningar som fortfarande står kvar. Vad är det som blänker där framme?

- Törs vi gå vidare, jag tycker inte om tunnlar. Klaustrofobi eller vad det heter?

- Okey, jag ringer till Direktören och frågar?

- Vet du hur mycket klockan är? Svarade Direktören något argt.

- Visste du om att det finns en gång under snickarverkstan? Undrade den äldre.

- En gång? Var är ni någonstans? Frågade Direktören.

- Under renoveringen mot bilhallen, tror jag. Det är inte så lätt att hålla orienteringen här i mörkret, svarade den yngre.

- Gå inte längre in utan vänd om, svarade Direktören lite nervöst.

- Men... prototesterade en av bröderna

- Gör som jag säger. NU.

- Ja men...

- Inga men, vi får ta det imorgon, klippte Direktören av med.

- Det där var väl lite odd? Sa den äldre brodern till den yngre.

- Ja, jag undrar vad det är med det här stället och en del av bilarna? Funderade den yngre av dem.

- Hm, man börjar fundera. Okey, vi ser efter vad det där blanka är? Sa den äldre samtidigt som han försökte tuffa till sig.

- Törs du gå emot Dirren ändå? Kom det lite retfullt från lillbrorsan.

- Vad jag vet ska han vara hemma hos sig?

- Då går vi. Ser du vad det är. Hur har nyckeln hamnat här? Det är ju bara vi, farsan och Dirren som visste vilken bil den tillhörde men även att den ska ställas ut i bilhallen imorgon.

- Det är bäst vi kikar på den.

- Ska vi inte vänta till imorgon då?

- Nej, jag tror inte det, snabba ryck nu.

- Varför det?

- Varför ville han att vi skulle lämna byggnaden så hastigt och utan förklaring? Undrade den äldre brodern samtidigt som han försökte övertala sig själv att det var säkert absolut ingenting.

Men samtidigt dansade det i hans huvud att det

var någonting som inte riktigt verkade att stämma.

- Han vart lite nervös efter ett samtal det vet jag. Skönt att komma upp ur tunneln. Men vad är det med Puma? Undrade den yngre brodern.

- Hon verkar livlös. Vi tar henne i Rallybilen motorn funkar det vet jag. Japp, den kurrar bra. Vad är det? Frågade den äldre brodern samtidigt som han snurrar runt och står öga mot öga med en främling. Varifrån kom den mänskan? För den jeppen verkade bara ha dykt upp från ingenstans.

- **Wait please,** could I look at her? I´m a vet, sa främlingen

- **Har inte ni åkt än?**

- Vad gör Direktören här? Undrade den yngre brodern.

- Jag blev ju tvungen att åka hit när du ringde, försökte Direktören förklara sig med till bröderna.

- Varför då? Frågade den äldre.

- Därför att jag gömde undan killen här och det var inte min mening att någon annan skulle få kännedom om honom. Jag hade ingen aning om att ni skulle gå tillbaka hit därför la jag inte dit locket igen. Det var någonting han ville titta lite närmare på därnere, sa Direktören samtidigt som han kände sig både generad och påkommen, för att inte tala om en begynnande irritation på dessa frågvisa ynglingar.

- Vadå? Undrade den yngre av bröderna helt kallt.

- Ni såg inte det?

- Såg vadå? Med det ville han pressa Direktören.

- The cat is fine, maybe a little dizzy, someone must have given her a knock or something like that.

- No, Mirjam has been at a vet with Puma, förklarade den äldre brodern till främlingen.

- That´s explain it. Probably have they give the cat something to calm her, I think. Where should I put her? Frågade främlingen.

- Here in the racing car. It´s a toy but he is nice, don´t you think, sa den yngre brodern.

- Oh yes, sa främlingen.

- Vem kom med den bilen? Undrade Direktören.

- Hurså? Kom det frågande ifrån den äldre brodern.

- Jag har en bild på en liknande lådbil hemma i fotoalbumet men sen vet jag inte vart den tog vägen riktigt. Det är svårare att få tag på gamla leksaker som familjen hade än deras bilar, faktiskt.

- Så det är det som museet handlar om att samla ihop din familjs gamla bilar. Det var en liten annorlunda släkthistoria, sa en av bröderna lite sarkastiskt.

- Ja, inte bara min. En del av Bergets historia också faktiskt och de som levde här som till exempel Snickaren. Denna herre här, han kan faktiskt svenska och är en avlägsen släkting till den store snickaren, som även hade en liten silvergruva på andra sidan av berget här. Du kan fortsätta Andrew, sa Direktören till främlingen samtidigt som han gav upp. Att hålla något hemligt det verkade inte fungera. Speciellt inte när man samtidigt har med Rauds frågvisa och nyfikna söner att göra som dessutom verkade kunna lägga ihop trådarna.

KAPITEL 10

Andrew berättar...

— Min farfars far som var en stor snickare kom hit efter en olycka i den silvergruvan som hade lett till att hans far dödades i ett ras. Efter den händelsen förbjöd deras mor barnen att fortsätta med gruvbrytning och de flyttade till andra sidan av berget. När de kom dit behövde man kunnigt folk i alla gruvorna, men även de som kunde snickra hus, möbler och andra hantverkare. Tvillingsönerna som hade fått lite smak på gruvbrytning ville ändå fortsätta på något sätt. När en av dem fick höra talas om bergkristallerna utanför Berget, så tänkte han att man kanske kunde slå två flugor i en smäll. Det var bara det att man inte visste hur man skulle göra för att få tag på dessa.

- Hurså? Undrade en av Rauds två söner.

— Det är en viss skillnad mellan att bryta efter silver mot att bryta loss bergkristallerna, framförallt att leta sig fram till dem. För att modern inte skulle få kännedom om det hela började man i en mycket liten skala och väldigt försiktigt. Man byggde även en stor lokal där man kunde vara i för att både snickra och komma ner till gruvan. Ni såg väl de vita strecken som blev fler och fler ju längre in ni kom?

- Jo, jag märkte det men? Sa den yngre av bröderna.

- Inte jag, bedyrade den andra.

— Om ni hade gått längre in hade vi ha träffats. Men det var inte meningen att någon annan än Direktören visste om min närvaro här, därför skjutsade jag ut nyckeln till bilen, som jag hade tagit.

- Var stod du någonstans? Kunde den ena inte låta bli att fråga eftersom han började bli nyfiken på denna Andrew.

— I en hålighet där man hade brutit loss all den bergkristall som hade funnits, men man hade även gjort det stort nog för en man att gömma sig i. Efter ett tag kom modern på dem så då blev det ett slut med den brytningen. De var inte tillräckligt listiga för henne. Men det som tog henne mest var väl det att en av döttrarna gifte sig med en av gruvdirektörens söner.

- Varför det? Undrade den andra då han inte tyckte att det fanns någon fara med det.

— Kanske inte, men du förstår det här handlar om Gruvdirektör Dahl d.ä som var hennes far. Efter omgifte adopterade han de två sönerna till änkan från en annan gruvdirektör.

- Vänta lite nu, för nu börjar det snurra här. Hur många gruvdirektörer har det funnits, egentligen? Frågade den yngre brodern.

— Det har funnits flera stycken, jag vet inte exakt hur många. På den här tiden skulle man hålla sig inom den sociala klassen man var född i. Man skulle så att säga "bli vid sin läst". Men det hela var faktiskt ganska så romantiskt. När sonen kom hem från England, där han varit för att utbilda sig fick han syn på en vacker flicka som han inte sett förut. För honom var det nog som en blixt från en klar himmel men för henne vet jag inte. Men båda familjerna försökte göra nästan allt som stod i deras makt för att hindra ett giftermål mellan de två. Det hela slutade bara med att de flydde från Sverige och gifte sig i England. De flyttade sen vidare till Amerika där han öppnade en firma som växte ganska bra, med tiden fick den familjen barn. En av dessa skaffade sig en grå Bentley, den som står där inne, tyvärr levde han inte särskilt länge utan sonen fick ärva bilen. En riktig liten Patriark men med tiden fick han ett problem.

- Vadå för problem? Undrade den äldre av Rauds två söner.

— Han son Lonsdale hade i tonåren börjat spela lite smått och oskyldigt, kanske, men han hade blivit fast. När Lonsdale ville åka till Las Vegas för att spela på kasinon där och köra dit med Bentley, då hörde Patriarken sig för om en butler. Patriarken anställde en butler, Charlie, för att hålla reda på hur mycket som Lonsdale spelade bort, men även för att se till att de kom hem honom inom 1 månad. Av Patriarken hade

Lonsdale fått en uppgift att sälja ett hus som stod i ett område där man hade planer på att bygga affärshus och dra fram en tunnelbana.

- Hur gick det då? Ville den ena veta.

- Ja, kom de tillbaka med någon stor vinst eller? Undrade den andra brodern.

— Nja, det beror kanske på hur man ser på vad som var vinsten. Lonsdale hade spelat bort ganska mycket och när han tog en taxi hem till hotellet så spelade han med chauffören. Det enda han hade att spela med då var huset som skulle säljas.

- Spelade han i taxibilen med chauffören menar du..? Har inte vi hört det förut farsan? Frågar den yngre brodern till sin far som precis har kommit in.

- Jo, frugan pratade om det igår.

- Så då har vi båda bilarna stående här, konstaterade den äldre brodern.

- Ja.

— Jag har inte hunnit gå runt i hallen och titta på alla bilarna i muséet, sa Andrew.

- Om inte jag kommer ihåg fel sa morsan att Bentley heter Alfred och den amerikanska taxin Vegas, förklarade den yngre brodern.

— Det där förstod jag nog inte riktigt, men Lonsdale vann taxin och med den har han kört ganska långt med, å andra sidan blev han av med sitt spelberoende. Vad Patriarken tyckte om det hela vet jag inte, men han hjälpte till med att starta taxirörelsen som Lonsdale och Charlie hade ihop.

- Jag skulle nog vilja veta lite mer … men min kropp säger god natt, sov gott, sa den äldre brodern och gäspade.

- Ja, vi får väl ta resten en annan dag, tyckte Raud.

— Det är okey, sa Andrew.

KAPITEL 11

Bilarna resonerar och drar sina slutsatser eller..?

- Hugo, HUGO! VAKNA!

- Jaja Helga lilla, vad är det?

- Hörde du vad de pratade om?

- Helga, lilla, jag har visst slumrat till. Vad var det om?

- Kommer du ihåg vad den gamla gubben på verandan brukade säga?

- Bertil, menar du, ja, ja, hans syster som försvann, Madelen som packade sin väska och drog till annan ort med sin älskade vän, direktörens son, med en hjärna så stor att Berget inte räckte till.

- När var det de flyttade upp på Berget? Jag tror inte de hade bott så länge där.

- Det är synd att Folke inte finns kvar längre. För han skulle nog ha klargjort det.

- Hugo, varför är Folke inte kvar?

- Jo, för några dagar sen började de att rensa upp i Glömskans dal. De tog med sig några bilar däribland mig och Folke, till verkstaden. Men eftersom Folke mest var i bitar och i så dåligt skick beslutade de sig för att skrota honom.

- Ja men, vem ska vi fråga då? Tror du att Charleston kan ge oss någon klarhet?

— Jaha, får man nu äntligen lägga sig i er konversation?

- Oh, Charleston förlåt men jag trodde inte att … började Helga med för att förklara sig. Men hon behövde inte fortsätta för Charleston avbröt Helgas lite tafatta förklaring.

— Bara för att jag stod i direktörens stora garage och bland de bättre bilarna behöver man väl inte vara för stolt för att prata med andra, som inte har haft den turen, eller hur?

- I och för sig men man har sina fördomar att brottas med. Men vet du när Snickarns flyttade in på Berget? Undrade en något lättad Helga.

— Hur var det nu, jo, de äldsta sönerna som var tvillingar, och som redan hade sina familjer kom först kan man säga, sa Charleston.

Nu vaknade några av de andra bilarna till speciellt en av dem, Vegas, kastade sig in i leken och med sin lite kantiga och uppfordrande fråga.

- Vadå kan man säga? Kom de först eller inte?

- Vegas, var inte så hetlevrad av dig. Låt Charleston berätta nu, sa Hugo.

— De kom först därför att de byggde på huset som skulle härbärgera de tre familjerna.

-       Vadå tre? Undrade Vegas.

— Snickarns tvillingsöner med familjer och modern med tvillingdöttrarna på 17 år och så den lille sonen på 13. Det blir väl tre eller har jag räknat fel?

-       Nej, Charleston det har du inte, tyckte Berta.

— Vid den här tiden när Snickarns flyttade in på Berget, hade Direktörn Dahls d.ä med familj åkt till England. Deras son, den äldste av de två söner som Dahl blev tvungen att adoptera vid omgiftet med änkan till gruvdirektör Larsson, den olyckan, hade sonen redan åkt till England för att studera. När han kom tillbaka från England och fick se Madelen uppstod tydligen ljuv musik, för han försvann med henne. Han träffade ganska bra i tiden när han lämnade Sverige för sen kom Första Världskriget och då var det inte så trevligt att resa ut på haven.

-       Vad hände sedan då? Undrade Mariana.

— Tja, de inrättade sig ganska bra där i huset. Snickarna fick även börja med att snickra upp ett flertal familjehus till gruvarbetarna och då inte bara på Berget. Så för dem var det bråda tider, men även damerna bidrog till hemmets ekonomiska bärighet.

-       Hur kunde de göra det, de var väl hemma-fruar, eller?

— Vegas, du glömmer att herrarna hade en berg-kristallgruva. Damerna tog hand om det som de ansåg de kunde använda till smycken men även andra saker. De gjorde bland annat en lampa. De sålde ett flertal av dessa, ja, det var på det här sättet modern fick reda på gruvan och vilket spektakel det blev. Modern hon riktigt läste lusen av sina tvillingsöner och de bara satt på verandan, nickade och sa. – Ja, ja mor lilla, det blir nog bra med den saken. Sen, om jag minns rätt var det sista barnet som sa till modern att – Kvällsmaten kallnar medan värmen på verandan höjs i en katastrofal fart om inget görs omedelbart. Det är vad jag kan komma ihåg från den händelsen, sa Charleston

- Kan det ha varit Bertil?

— Jo, det var det, Berta. Men eftersom han hade ärvt sin mors läshuvud så läste han geologi och fick arbeta på Gruvan när han hade ferie. De bekostade även en del av hans studier eftersom de nu var släkt så ville man hjälpa till när de nu hade förlorat en dotter. Bertil, han återvände inte till Berget efter sin skoltid utan flyttade till en annan stad, där han så småningom träffade sin fru som han fick en son med. Bertils son flyttade till Berget och höll i ordningen och lagen här uppe. När Bertil blev gammal flyttade han in till sin son på Berget, som då hade stigit i graderna i sitt yrke.

- Vadå, stigit i graderna? Undrade Vegas.

— Bertils son som tillhörde ortens Polisstyrka och var den främste av dem han… längre än så kom inte Charleston.

- Jaha, det måste vara Polismästaren och han hade Helga som den där Ville körde i diket med, den rackaren.

— Alldeles riktigt Hugo. Men jag tror inte Helga har berättat hela storyn, sa Charleston.

- Hur menar du? Helga, hur låg det till med den där resan? Får vi höra nu och från början, kom det uppmanande från Adam,

- Men, jag ville inte avbryta i släkthistorien.

- Inga krumbukter nu. Sätt igång bara... Kunde Vegas inte låta bli att säga eftersom hon satt som på nålar av nyfikenhet av att få reda på mer om Adams och Bertas vänner från Berget. Efter den uppmaningen började så Helga att berätta.

KAPITEL 12

Helgas berättelse...

— Jaha, det är väl bara att bita i det sura äpplet då. Ville som var en av Polismästarens barn gick inte helt i sin fars fotspår kan man säga. Han intresserade sig mer för lite privat deckararbete och industrisäkerhet, vilket inte sågs med blida ögon i vissa poliskretsar. Den här gången då Ville körde runt till de olika fabrikörerna för att avlägga rapport och diskutera säkerhet hände det något som vände skutan upp och ner.

- Vadå? Undrade Mariana.

— När han kom till Intendenten vid en tid som de bestämt, var det mörkt och tyst, inte ens Hermanson fanns där.

- Vem är Hermansson? Frågade Madame Louise som mot sin vilja kände att något spännande kunde komma fram.

— Det var en person som alltid fanns i huset, en sorts butler, kan man säga, men han var stor och stark. Så behövdes det muskler kunde han drämma till ordentligt. Hermansson hade Ville tillsatt som skydd till Intendenten och frun. Ville funderade på vad han skulle göra för hade det hänt något brottsligt, som behövdes rapporteras, kunde han ju inte klampa in hur som helst och förstöra bevis. Har man en Polismästare till far hade han i alla fall fått lära sig att inte förstöra eventuella bevis. Det han började med var att gå runt villan på grusgången, när han kom till garaget kikade han in i fönstret. Bilarna var borta, den lilla mopeden med. Det fanns ett litet rum ovanpå garaget som var Hermanssons, visserligen, men Ville öppnade och gick in ifall, förhoppningsvis, att det fanns någon notering från Hermansson. Det gjorde det och inte så lite heller och på högen med papper fanns det en liten lapp där det stod "Till Ville". Han tog reda på den men det fanns en liten lapp till där det stod "Åkt till Snickarns". Varför skulle Hermansson åka dit? Och var han ensam? Den lappen lät han ligga i fall polisen behövde hitta den. Ville lämnade garaget och fortsatte runt huset. Källardörren var öppen, så han gick in och där i stora rummet låg Intendenten. Han såg ut att vara rätt illa tilltygad men vid liv. Han tog fram en näsduk och provade telefonen, den fungerade, han ringde efter en läkare och damen i luren frågade om en polis behövde kontaktas. På det svarade Ville bara ja samtidigt som han upplyste telefonisten om att han inte kommer att vara i villan utan fortsätta sökandet efter frun och Hermansson.

Ville körde till Snickarns där han hittade de övriga, av Hermansson fick han veta att någon från Polishuset hade varit där tidigare på dagen. Det var då som det blev en hiskelig färd genom skogen för när Ville körde ut från Snickarns stod poliserna där. Två av poliserna kände jag inte igen men de verkade nya, de andra var riktiga pundhuvuden, men de körde som krattor i jämförelse med Ville. Det var dem vi fick med oss över skogen de andra som verkade klyftigare tog den andra vägen. Vid den stora kröken stannade Ville till och hoppade ur. Efter att ha lagt en tegelsten på gaspedalen, gömde han sig och väntade. Efter kröken kom en raksträcka men jag drog lite åt höger därför hamnade jag i diket.

- Kom inte de andra på honom då? De måste väl ha sett Ville där! Tyckte Hugo.

— Vid Kröken fanns en stor sten som lutade sig mot ett stort träd. Där hade Ville och Simon byggt en koja i trädkronan. Det var där han gömde sig när de körde förbi. Han klättrade upp och väntade tills dagen grydde. Han läste Hermanssons papper och insåg att en resa till huvudstaden nog skulle bli nödvändig, men inte med mig för jag stod där jag stod.

- Men vad hände med Intendenten, frun och Hermansson? Undrade Mariana.

— Det vet jag inte, vid den tidiga morgonens rodnad klättrade Ville ner och knackade på vid Fiket, som en av hans systrar hade. Där fick han frukost och skjuts in till Byn för att ta tåget mot Huvudstaden. Men innan de kunde ge sig av kom en polis in för att göra vissa förfrågningar och Villes syrra, som expedierade talade om för honom att...

- Tyvärr, har jag inte tid men hör med PP. De har varit här hela morgonen så de kan säkert hjälpa dig.

- Vem är PP? Frågade Vegas.

- Vilka, Vegas, om jag kommer ihåg rätt är det tvillingarna Petra och Pia, sa Hugo.

— Hugo, du kommer ihåg dem. Trevliga och käcka tjejer. Jodå, de var villiga att bistå med både det ena och det andra, men inte att tala om Ville. Ville passade på att smyga ut till en bil som stod och väntande på honom, den skulle ta Ville till Byn. Vad som hände på den resan sen vet jag inte, eller om han någonsin kom fram. Det är i alla fall ingen som sett honom sen dess, vad jag vet.

- Men vad stod det i den där handlingen som Hermansson lämnat efter sig? Undrade Berta.

- Hade Ville den med sig när han åkte iväg? Frågade Adam.

— Jag vet inte, men det måste ha varit något viktigt eftersom Ville måste iväg så kvickt. Men nu vill jag veta fortsättningen på släkthistorien.

Här avslutade Helga sin berättelse med en ton som var både resolut och något annat som gjorde att ingen vågade ifrågasätta hennes beslut.

KAPITEL 13

Charlestons berättelse...

— Hugo och Helga stod i familjens garage till att börja med. Men det var Adolphe som hade köpt Hugo till sin son Simson. De körde en hel del tillsammans med Polismästarens familj som var rätt rörig. Simson fick en son Simon som fick ärva Hugo, kan man säga, sa Charleston.

> - Charleston, vilka familjer har Adam och Berta tillhört? Frågade Vegas.

— I mitt stora garage, hos direktören, som under mina dagar har förvandlas till ett garagehus för familjens bilar. I början av min tid hos dåvarande Gruvbolagets direktör Dahl d.ä var jag ganska ensam men efter en tid började direktör Dahl d.y att bygga hus till sina barn på den stora tomten. Då var själva huset inte längre Gruvans egendom så han kunde göra det. En del av barnen hade flyttat till andra ställen i vårt avlånga land men några drog sig ändå kvar. En av dem Gunvald, han gillade snygga, glänsande bilar, han hade faktiskt några stycken. Men vid skilsmässan blev han tvungen att skiljas från dessa. Gunvald hade köpt Adam men skrivit i handlingarna att bilen ägdes av hans fru, så den bilen sålde hon sen till ett bra pris skulle jag tro.

I samma garage hade frun sin lilla Berta, och henne ville hon inte gärna skiljas ifrån men efter att åren och såren fått läka ihop hade livet skänkt henne en ny förälskelse. Innan hon helt kunde flytta från trakten måste hon sälja lilla Berta och det gjorde hon med hjärtat i halsgropen. Jag vet det, för hon trodde inte att Domarn var någon bra karl.

- Om jag har fått det hela klart för mig har Helga och Hugo tillhört Snickarns familj. När det gäller Adam och Berta till hörde de Gruvdirektörens familj precis som du. Folke då vems var han? undrade Madame Louise.

— Det har funnits en familj till som ni inte har räknat upp, Hästskojarns. De bodde alldeles bredvid Snickarns. En av deras pojkar var mer intresserad av motorljud och att böka i garaget. Han köpte Folke av Direktör Dahl d.y och reparerade upp honom, sen började fler och fler att köpa bilar av honom, faktiskt, men man kallade hans verksamhet för Bluff & Båg. Varför vet jag inte?

- Det kunde aldrig vara så att familjens hästskojeri kunde vara något som låg i fatet..? sa Berta lite försiktigt.

— Det är möjligt.

- Men var kommer vi in i bilden som är här på bilmuseum nu? Charleston, vet du något om det? Undrade Adam.

Den här frågan hade kommit att bli mer och mer brinnande på Adams tunga.

— Tja, en del vet jag,

KAPITEL 14

Frågetecken, rätas ut eller tätas till...

De två dörrarna till Snickarens stora lada där nu bilmuséet ligger öppnades och Raud med sina grabbar, Leif och Benneth, gick in för att ta itu med dagens arbete. Efter nattens händelser kände nog alla att vissa saker måste nog ändå bli mer klargjorda för att ge någon mening med det hårda arbetet. Den äldsta av grabbarna och den som var ivrigaste började lite hurtigt...

- Okey, då kör vi ut Alfred. Vilken av bilarna är det sen som är på tur, farsan? Undrade Leif.

- De som är kvar är Helga på Berget och Hugo som står inne på reparationen, sen är det inga fler, sa Raud.

Men nu tyckte den yngsta av dem att vänta nu, nog är det fler med tanke på att de hade lämnat kvar bilar i Glömskans dal. Ska inte de hämtas eller hur är det egentligen? Tänkte Benneth tyst för sig själv men till sin frågade han bara...

- Inte det?

- Nej, inte från Hermansson, förtydligade Raud, som om det skulle vara till någon större hjälp för hans grabbar.

Här förstod nog Raud själv att det behövdes en större förklaring för han fortsatte ...

- Han hade en lista på de viktigaste bilarna och vilka som har ägt dessa samt en del historia. Frugan har ställt upp det på ett fint och överskådligt sätt så det ska bli intressant när de andra får se bilarna.

- Vänta lite, farsan. Vilka andra? Undrade Leif.

- Du ska inte vara så nyfiken, pojk.

- Jag är väl hur nyfiken jag vill. Men det jag inte förstår är varför du inte sagt något förut? Alla dessa små informationer hit och dit gör mig snurrig, sa Leif lite hetsigt.

- För mig med. Farsan är det inte på tiden att vi får hela historien ändå, tyckte Benneth lite trött.

- Kanske det, men ni får nog ge er till tåls är jag rädd.

- Jaha, och varför det om man får fråga? Sa Leif lite skarpt.

- Det är en del trådar som behöver knytas ihop så jag kan förklara det hela för er. Det är svårt att förklara något som man bara begriper hälften av, om ens det.

- Okey, okey, vi ger oss väl till **Tåls Då**, kom det från de båda bröderna. Det lät både argt och frustrerat men ändå uppgivet på något sätt.

\- Grabbar, någon som vill ha kaffe och något gott till? Ekade det i den stora hallen.

\- Morsan, vi är här inne, några goda nyheter från fronten? Skämtade Leif till det.

\- Jag vet inte, hur gick det med Folke?

\- Inte så bra, vi var tvungna att skrota honom.

\- Oh, då kommer Hermansson att bli ledsen.

\- Varför skulle han bli ledsen? Undrade Benneth som precis hade nått kaffebordet.

Rauds fru berättar...

— Jag vet inte hur jag ska säga det, men Hermanssons far arbetade med de tyskgruvor som har funnits runt omkring. Själv kom han ursprungligen från Tyskland med en ny bil, ett bilmärke som kom att bli en riktig folkbil. Han hade med sig sin lilla familj, frun och deras första barn, Hermansson, de fick till att börja med bo i Direktörsvillan. Det var meningen att han skulle rapportera till Tyskland samt att åka dit med jämna mellanrum, något han inte gjorde.

\- Varför rapporterade han inte?

— Förlåt Leif, jo, han skickade rapporterna till huvudstaden som sändes vidare, men själv åkte han aldrig över, något som fick tyskarna att bli misstänksamma. Vilket ledde till att de gjorde efterforskningar. Det fanns ser ni en anledning till varför han inte ville åka tillbaka.

- Jaså, vilken anledning? Men jag tror ändå jag kan gissa men fortsätt... sa Leif

— Anledningen var att modern till barnet var halvjude och tydligen kom hon från en viktig familj som i sin tur ägde ett bolag inom stålbranschen. När det bolaget hade investerat i gruvorna, sändes Tysken med familj hit. Då hade inte utrotningen av judarna börjat riktigt men den låg på lut. Från sina vänner hade de blivit varnade för att köra tillbaka, men de var ändå i fara här. Därför gjordes det anordningar för deras flykt.

- Ja, men hur gick det för dem då? Ville Benneth veta.

— Från Direktörens villa körde de iväg i Folke, med Polismästaren och Simson efter sig. Det skulle väl se ut som om de följde efter, men Folke körde runt på lite slingriga vägar och hamnade hos Snickarns där de gömde sig i några dagar. Polismästaren bogserade Folke tillbaka till Direktörns.

- Aha, nu tror jag att jag vet vart gången gick? Ropade Leif.

- Vart då? Undrade Benneth som inte riktigt hade följt med.

- I gången, de vita strecken förstår du inte? Den leder till gruvan med bergkristaller och därifrån kunde de väl ta sig härifrån utan att någon kunde följa efter dem, ropade en exalterad Leif.

- Du har rätt, det var en av anledningarna till att Andrew ville titta närmare på källaren, men jag vet inte var han kommer in i historien, sa Raud.

— Det enda jag vet är, att Hermansson har flera barnbarn och vem vet vilka andra släktingar han har. Tysken hade flera orsaker att inte åka till Tyskland, det var inte bara hans fru som var halvjude, det var han själv också, fast bara delvis. De var rädda för sina liv om de hade åkt tillbaka. På något sätt har de lyckats att bli kvar här i Sverige och när Ville hälsade på Intendenten fick han reda på något om dessa människor och vad som hänt. Intendentens fru var syster till Hermansson och båda hade blivit anklagade för något de inte gjort. Fast det hände för så länge sen måste han ha kommit ihåg tunneln och Snickarns. För det var med hjälp av den tunneln han räddade sin syster och hennes lille pojke.

- Hur gick det för Intendenten? undrade Leif.

— Han klarade sig och ni får träffa honom imorgon.

- Hur kom det sig att han råkade illa ut? Frågade Benneth.

— Oh, det sa jag kanske inte nej. Intendenten hade råkat ut för ett inbrott där man hade letat efter speciella papper, som de måste ha trott att han hade. Vid incidenten med silvergruvan antog man att snickaren hade dött, vilket han inte hade gjort. Det var bara något som han hade ställt i ordning för att fejka sin död.

- Men varför skulle någon göra det? Det känns så fel, eller vad säger du Benneth?

- Jo, men han hade kanske något skäl, vad vet vi?

— Det fanns skäl men om vi skulle tycka de var tillräckliga vet jag inte. De fanns de som var ute efter honom och frun för att komma över gruvan. För att familjen skulle vara säkra fejkade han sin död och samtidigt hade han skrivit i sitt brev där han gav frun en del direktiv. Sen försvann han från trakten, tycks det som, och gifte om sig. Tydligen fick han barn i det äktenskapet för intendentenen hade ärvt kartor och nyckeln till gruvan, och det var det som påhopparen var ute efter. Men där var de försent ute, för den detaljen hade han redan ordnat med när han gav dem till Ville.

- Jag tycker att det börjar bli riktigt snurrigt. Det måste ha varit bra knepigt för dig att reda upp detta, morsan.

- Det är en sak jag inte riktigt fattar, om nu Ville fått grejerna varför gav han sig iväg då?

— Benneth, även om det var ett bra tag sen fanns det fortfarande de som letade efter gruvan och ville bryta malmen. Helmersson hade börjat med att kartlägga hela släkten, det var det som fanns i pappren, men det var ändå en del kvar att göra. Bland annat måste man så att säga, reda ut en hel del juridiska spörsmål, av den anledningen hade man anlitat en lovande advokat och han blev senare även domare.

- Kan det möjligtvis vara Bertas domare?

— Ja, Leif det var det, så nu ser ni att det finns många saker som för bilarna tillsammans. Den här domaren, han har för inte så längesen vunnit högsta vinsten från ett Europaspel. När han köpte denna lott var han full och deprimerad eftersom hans barn, Mirjam och Pelle, hade till viss del övergett honom. Men när han fick reda på att han vunnit satt han på verandan och funderade på att, skjuta sig för att barnen skulle få ärva pengarna innan han söp bort dem, men innan han hann göra det så fick han besök. Ett besök, som det kom att visa sig gav domaren en helt ny mening. I dessa dagar är han en nykter alkoholist som även försöker att reparera en del av det som han har ställt till med, även för de fruar han haft. Han är en av de som bistår med pengar till Bergets bilmuseum för att försöka återställa de gamla bilarna.

- Aha, nu börjar det gå upp några ljus. Jag måste säga att det har varit många blandade turer i bilarnas historia. Men allt detta på grund av Snickarns silvergruva? Inte undra på att det snurrade lite för farsan. Alltså, jag tror mig inte om att kunna förklara det hela för någon, morsan.

- Håller med dig Leif. Det hela låter allt för komplicerat för mig, sa Benneth.

- Så bra att det bara är Helga ni ska iväg för att hämta idag då grabbar, slutade deras mor.

KAPITEL 15

Det bilarna resonerar om...

- Adam, Adam hörde du?

- Hörde vad Berta?

- Om Domaren menar jag, att han ska komma hit och om allt det andra som Rauds fru sa, jag vet inte heller om jag fick någon reda i det hela. Men Adam, hörde du verkligen inte vad de sa?

- Jo jo, visst gjorde jag det. Men snälla du, det viktiga är väl att de ska hämta Helga. Nu blir Hugo glad för han har känt sig lite ensam i verkstan.

- Står Hugo där? Sen när? Adam, jag tror saker och ting går lite för fort för mig.

- Ha ha, Hugo är rallybilen som de fick igång motorn på. Berta, han har stått i verkstan ett tag.

- Åhå, så det har han. Då får vi väl snart se han här i hallen. Adam, när tror du vi får se Helga här inne?

- Tja, jag antar de får lov till att fixa till henne. Det kommer nog att ta lite tid. Men Charleston kommer att bli alldeles själv på Berget, Berta.

- Det tänkte jag inte på. Men de kanske tar henne med hit när de ändå är där för att hämta Helga, kom det förhoppningsfullt från Berta.

Vad Adam hade på tungan lär vi nog inte få veta för i samma stund vaknade Madame Louise från sin skönhetssömn.

- Vad det pratas och pratas på det här stället. Får man fråga om det finns en omöjlighet att få en lugn stund? Vem är den där Charleston som ni nämnde och vad är det för speciellt med henne? Ja ja, jag har hört henne berätta om Folke och att de delade garage under en tid, men sen då?

- Sen, Madame Louise, men Charleston är den första personbilen på Berget, det var därför hon visste så mycket om Folke.

- Oh, förlåt Berta det visste jag inte.

Hämtande av bilar...

— Okey grabbar, nu dra vi upp Helga. Har ni sett till att hon sitter stadigt nu?

- Ja, farsan.

— Då tar vi och lyfter henne till flaket... så där ja. Nu får vi se hur mycket arbete det blir, men först kör vi henne till Avrostningen eller hur grabbar.

- Vänta, vänta, Raud!!

- Vad är det Direktörn, är elden lös, eller? Undrade Benneth.

- Nej, men jag har ett litet problem och när ni nu ändå är här på Berget undrar jag om ni kan ta med en bil till?

Vid det här laget hade Raud kommit fram och som den praktiska man han är ställde han den viktiga frågan.

- Vilken bil är det frågan om, Charleston?

- Alldeles riktigt. Nu under hösten och vintern måste vi reparera upp ladan. Därför har vi ingen stans att förvara Charleston skulle ni kunna ta henne med er?

Leif, som hade hört det hela tyckte att, varför inte? Vilket han poängterade för Raud...

- Vi har plats på flaket, farsan.

- Tar vi, Charleston nu så behöver vi inte åka för att hämta henne sen, för hon är väl också en del av bilarna som ska stå på museet, eller? Tillade Benneth.

- Nja, det var inte riktigt så det var tänkt, men hon får hänga med nu. Det andra kan vi diskutera sen eller hur, Direktörn?

- Ja. En annan sak om det går...

- Okey, en tur i Avrostningen, givetvis, Direktörn, kunde Raud inte låta bli att småskrattande säga.

När bilarna var lastade och surrade på flaket, kunde inte Raud låta bli att höja sin röst...

- Neej, nu grabbar åker vi.

- Glöm inte damerna, farsan.

- Benneth, tror du att de har dragit en suck för att de nu lämnar Berget?

- I alla fall, Helga, kommenterade Leif.

- Ja, för när vi drog upp henne så kunde man nästan höra när jorden släppte sitt grepp från bilen, erkände Benneth.

- Kunde Helga signalera tror jag nog att hon skulle ha stått på signalhornet av glädje.

Leif sa det på grund av en känsla han hade fått när de räddade Helga från diket.

- Farsan, vad är det som äter upp rosten så himla bra i den där hallen?

- Det är en yrkeshemlighet, vad som mera exakt äter upp rosten, vet jag inte. Men det som äter upp rosten har även en förmåga att reparera plåten, vad det mera är exakt, vet jag inte? Men det är något som de har odlat fram. När den gjort sitt jobb då dör den eftersom det inte finns någon mat längre för den.

- Lever på rost?

- Alldeles riktigt, Leif. Det här fanns med i den där dossiern som Hermansson hade.

- Hur kunde han veta det?

- Nja, han visste inte det inte men det var en upptäckt som hade gjorts och som intendenten hade observerat. Han hade till och med odlat den i sitt garage, men för att utveckla det hela måste de lämna landet.

- Jamen, om dessa bakterier, eller vad det nu är lever kan vi väl inte bara lacka över, eller?

- Benneth, du tänker då på de små liven. Vi skulle faktiskt kunna det men vi kan se på dataskärmen när de har arbetat klart. Så du kan vara lugn.

- LUNCHEN ÄR SERVERAD, ropade en för dem mycket välkänd kvinnoröst, deras mor.

- För både bakterier och oss, kom det lite dystert från Leif.

- Men Leif då, missunnar du de små mycket små liven mat?

- Morsan, det gör jag inte, men när du ropade ut om lunchen gjordes det i en perfekt timing. Bakterierna har precis fått två nya bilar att kalasa på och klockan slog precis för vår lunchtimme i exakt samma ögonblick.

- Oh, ja, någon gång ska man lyckas.

KAPITEL 16

Alfred tvingas att berätta...

Inne i muséet opponerade sig en av bilarna.

- Att de bara orkar tjafsa till det på detta sätt.

- Vad är det med det? Tål du inte lite skoj, Madame Louise?

- Alfred, hur kan du säga så där? Vi som har lite känsla för det passande kan väl inte tåla sånt här.

- Förlåt mig, men Alfred har blivit luttrad i sina dagar, eller hur?

- Ja, Vegas det kan man lugnt säga. Men hur var det nu med Charleston? Om vi nu ska hoppa över till något annat ämne, som är mindre brännande... Kom det i en viskande ton från Alfred.

- Vad säger du? Jag hörde inte dem sista orden riktigt, Alfred.

- Vegas, det var absolut ingenting... eller allting.

- Det var väl aldrig så att du fick höra någonting i bilen...

- Jo, en hel del faktiskt.

- Kom igen nu då, berätta, om inte allt så i alla fall någonting, snälla rara Alfred. De andra vill väl också få veta eller..?

- Jag vill veta, för nu har jag blivit nyfiken eller vad säger du, Berta? Undrade Adam.

- Jo, det vill nog både jag och säkert Helga... Ja, Hugo också.

- Mirjam, Charleston, Madame, Grålle, vill ni veta? Ropade Vegas.

- För min del behöver ni inte bekymra er, jag vet redan, grymtade Grålle från sitt hörn.

- Hur kan du det? Undrade Berta.

- Kör nu Alfred, kom det hurtigt från Vegas.

— Det blir under protest för den resan är inte en av mina bättre. Den där karln som vi hämtade från hotellet var ingen fin fisk, om man säger så. Han var ute efter att hitta en karl som försvann från Sverige för många år sen. Han underhöll både mig och de andra om hur han hade jagat honom genom Europa och till slut kommit till Amerika.

Men jag undrar om det inte hade varit lugnare att låta människan fått vara död. Javisst, ja, ni vet ju inte, människan hade iscensatt sin egen död för att komma undan vissa personer som han var skyldig stora summor.

Det var nog inte heller så klyftigt av honom, men vad man har fått hört tog han sig tydligen till Tyskland. Han slog sig ner och började ett nytt liv, sen kom det första världskriget. Vid den här tiden dog han men efterlämnade en sörjande maka med en dotter från tidigare äktenskap.

I ett brev till frun hade han skrivit att de måste ta kontakt med hans dotter Madelen i USA. Att han hade varit gift tidigare visste frun om, men inte dottern. De tog sig till USA och fick kontakt med Madelene som visade ett gammalt papper om en silvergruva och flera reverser. Det fanns även brev från en speciell herre som hotar med att ta Snickarens liv och förgöra hela hans hushåll om han inte betalar till den 1:a juni 1898. Madelene talade om att gällande raset i silvergruvan den 15 maj 1898, så antog man att Snickaren troligen inte kunde överleva ett sådant ras. Efter Snickarens dödsförklaring har Snickarns familj fått hotelsebrev från Ockraren och hans släktingar. Herrn som åkte i min bil har skickat både hotelsebrev och andra otrevliga karlar till Snickarns släktingar över hela världen i akt och mening att få igen dessa pengar. Men de andra i Snickarns familj hade inte lånat pengarna och lån ärver man väl inte eller? Om det inte är från en ockrare, för de vill nog ha tillbaka sina pengar.

Madelen hittade en litet papper som modern hade skrivit i ilskan får man förmoda. "Hur som helst så kunde långivaren i så fall frakta bort det som rasat ner och ta silvret som en avbetalning ifall det nu var nödvändigt."

Han som nu satt i bilen talade om att nu skulle lånet betalas och inkrävas med ränta och det ordentligt. Det var pengar som han hade rätt till eftersom han var släkt till långivaren. För mig verkade som att en släktfejd hade runnit upp i och med det där idiotiska lånet. Han i baksätet försökte ibland att vara trevlig och då speciellt när vi tog upp damer i kupén. Men han var inte så morsk när Charlie körde.

- Jaså, varför inte det? Undrade Berta.

- Berta, Charlie kommer ifrån New York och som en garvad taxichaufför därifrån kan de sätta folk på plats när det behövs, förklarade Vegas.

- Förlåt Vegas, det glömde jag bort i hastigheten.

- Jaha Alfred, vad hände sen?

— Vid ett av stoppen tog polismakten hand om honom som ni nog vet. Om de andra släktingarna är lika envetna vet jag inte, men att försöka få igen något nu efter alla dessa år låter väl lite långsökt.

- Det håller jag med om, sa Madame Louise lite för skarpt men hon tyckte verkligen att det var mer än långsökt, det var sniket.

- Men vem kan ha de där papperen då? Är det Ville, eller har han lämnat dessa till någon annan? Hugo, vad tror du? Undrade Helga.

- Tror och tror. Ska man göra försök till gissning blir det väl i något Arkiv kanske, eller bankfack i varje fall.

- Hugo, du vet inte. Men du har nog rätt i att de troligen är i säkra händer.

- Jaha, jag antar att Alfred inte vill släppa några fler tissel tassel bomber utan vi får nöja oss med det här SÅ LÄNGE.

- Vegas, du får inte pressa mig på detta sätt. Fy skäms på dig flicka.

- Alfred, det där lär inte hjälpa på den damen, kontrade Adam med.

— Det värsta är att du troligen har rätt. GOD NATT!!

KAPITEL 17

Charleston berättar om Ockraren...

- Han blev väl aldrig putt, Adam?
- Han kyler nog av sig med tiden, Berta. Får vi hoppas...
- Men hur var det nu med Charleston. När dök hon upp på Bergets karta? Frågade Vegas.
- Javisst ja, det var ju om henne vi skulle avhandla, men kan vi vänta tills hon lämnar avrostningen?
- Behövs det..?
- Inte alls, jag har haft mina långa öron vända åt ert håll en stund nu. Det kittlar lite underligt i karossen bara, eller hur Helga?
- Det kan man lugnt säga. Jag vet inte vad de har duschat oss med men det kryper och knastrar hela tiden. Det känns bra underligt men man får hoppas att det blir bra.
- Helga det kan vi alla som gått igenom avrostningen ge garanti på att det blir det, kom det från Grålle, som hade kommit in från verkstaden där han stått en stund och funderat.
- Är det något särskilt du har på hjärtat..? Kom det frågande från Berta.

- Nja, särskilt och särskilt vill bara höra vad Charleston skulle säga om Berget.

— Grålle, jag har inte lovat dig någonting, men till er alla andra så fanns herrn redan där på Berget. Till mitt garage kom han att stå efter det att Snickarns fru och en av tvillingsönerna har dött. Varför vet jag inte? Men han bara stod där en dag. Ja, det var en tid med många underliga händelser måste jag säga. För det första så hade Berget fått påhälsningar av en riktig ful herre. Han ska visst ha varit något av en sorts ockrare efter vad jag hört, och ganska hård mot de som olyckligtvis lånat av honom.

- Hur då olyckligtvis? Kom det försiktigt från Madame Louise

— Han hade ganska starka individer till hjälp för att skrämma familjerna till att sälja, allt de ägde och hade, för att betala och många satt fast i deras garn i generationer. De vågade inget annat än betala. När Snickaren tog ett mycket litet lån som han vägrade att betala tillbaka, då fick de ganska hett om öronen.

- Ett litet lån? På hur mycket vet du det? Undrade Vegas, som tyckte det hela började låta bekant på något konstigt underligt sätt.

— I dagens läge skulle vi tycka det. Lånet växte hela tiden med ränta på ränta. Från början var det på 100kr och om det hela gått rätt till tror jag han skulle ha betalat det för länge sedan. I skuldebrevet står det 100kr. Att jag vet det, beror på när Snickarns söner kom in till Direktör Dahl d.ä och bad om hjälp.

- Men hur gick det då? Varför var inte modern med... Började Mariana med att säga som kände en viss oro helt plötsligt.

- Ja, borde det inte det? Fyllde Hugo i. Jag menar det var väl hon som ändå styrde om i Snickarns familj, eller?

— Nej, vid den här tiden hade inte hela familjen flyttat in riktigt. När Snickarns söner kom visste de inte om att just den Direktören var det som även tillhandahöll pengar till långivaren. Att vända sig till Direktör Dahl d.ä var som att vända sig till ockraren av alla människor och modern hade fått upp ögonen för det. Redan till sin man hade hon sagt hur totalt otänkbart det var att låna från hennes släktingar i gruvbranschen. Speciellt från hennes kusin, han var hemskt långsint. En oförrätt glömde han aldrig eller kunde förlåta. Ett av de skäl som fick fadern och styvmodern att ge döttrarna tillåtelse att utbilda sig i något yrke för att slippa stå under kusinens käpp.

- KÄPP? Hördes det från Berta.

- Berta, vi får hoppas det var bildligt menat eller? Undrade Adam lite skrämt.

- Den där brodern kan inte ha varit riktigt klok.

- Det var en av anledningarna, Vegas. Men det finns fler... intygade Grålle.

— Ja, du Grålle det fanns flera anledningar. Föräldrarna var i sig trevliga och relativt snälla mot de flesta. De var inte giriga fast det lyckades så bra för dem i gruvbranschen, så länge den första frun var i huset. Då var det relativt harmoniskt och bra, men problemen som kom efter det att modern tagit självmord. Ja, man kan inte klandra henne för det, när de två döttrarna föddes 1860, råkade hon ut för en depression som tyvärr resulterade i att hon tog sitt liv. Efter ett antal år tog Direktören hand om en kusin sen hans föräldrar dött i en olycka vilket gjorde att saker och ting blev betydligt svårare. Han hade ett eget arv men fick inte tillåtelse till att använda det förrän han fyllt 21 något som han bestred mer än kraftigt kan man säga. Det fanns andra krav; han måste utbilda sig, leva redbart och bosätta sig med sin fru på Berget.

- De här kraven klarade han inte av fullt ut, klargjorde Grålle.

- Varför inte? Det kunde väl inte vara så svårt när man har pengar, tyckte Adam.

- Berta, skulle du vilja ha en sådan man för pengarnas skull? frågade Vegas helt vårdslöst.

- Varför frågar du mig om det? Inte för alla pengar i världen. Det hade han ju inte heller förrän han uppfyllt kraven och vem vet hur mycket eller litet det var eller hur..?

— Alldeles riktigt Berta, ingen visste hur stort arvet var och man vill ju inte köpa grisen i säcken. Men hans utbildning blev inte lång och leva redbart gjorde han inte heller. Att låta kusinen få bygga ett hus på Direktörns mark godkände inte familjens advokat, då marken tillhörde Gruvbolaget och inte familjen. Att få kusinen bortgift lade man inga pengar på, eftersom man ansåg att det skulle bli till ett men för eventuella frun och barn. Vilket de hade rätt i på mer än ett sätt...

- Hurså, alla har väl rätt till lite kärlek? Kom det från Madame Louise.

— Visst, men ingår det även att alltid stå på tå inför någon annans käpp och nigande säga javisst herrn som en annan piga och föda ungar på löpande band? Han slet ut 5 kvinnor under sin tid. Han tog sin rätt utan att fråga om det var rätt. För att få pengar till sitt uppehälle blev han en ockrare och en som kunde kräva pengar tillbaka, han var även en anlitad herre från andra som ville ha sina pengar tillbaka. Om man ska säga något positivt om denna herre, om det nu är...

- Jamen, snälla kom till sak... protesterade Mariana.

— Det är ju det jag ska, avbryt mig inte. Han var väldigt duktig på att manipulera folk och på matematik, bland annat älskade han pengar och den makt som pengarna gav. I den familj som han växte upp i krävde han på pengar, för att få igen sitt arv som han gick miste om. Men han hade även hjälpt Direktör Dahl att komma över flera andra gruvor utan att ha köpt dem.

- Hur kunde det gå till? Undrade Hugo.

- Ja, det skulle jag bra gärna vilja veta, höll Adam med om.

— När andra gruvdirektörer kom för att söka lån hos Direktör Dahl, något de har gjort förut. Den här verksamheten överlät han på kusinen att ta hand om istället. Det här gjorde att lånet blev betydligt svårare att betala. Dessutom hade han skrivit in i pappren att om lånen inte kunde betalas då tar långivaren hand om säkerheten, vilket med andra ord var gruvorna. En av dessa gruvdirektörer som förlorade sina gruvor var Direktör Larsson, den olyckan, ja, när han förlorade gruvan, så gick han in i en av gångarna och sköt sig. Den stackars frun som dessutom hade två unga pojkar gick till Direktör Dahl och förklarade att om inte han gifte sig med henne och adopterade sönerna. Då skulle Berget med omnejd få veta vilken skurk han och hans kusin var, punkt. Oj, oj, det var ord och inga visor där. Men i och för sig var det inte bara Larsson som hade råkat illa ut, det var Stigbergs Handlarn, Olsson, Ersson och Lampert. Familjens advokat kände att någon måste stoppa denna verksamhet och även ockraren, eftersom detta kunde inte få fortsätta. Innan advokaten satte sig i förbindelse med Snickarn så såg han till att

Direktör Dahl med familj åkte till England. När familjen var i säkerhet i England började han att förbereda Snickarn för att ta ett litet lån. Ett lån som han egentligen inte behövde men om han kunde bistå sin frus släkt för att få bort detta svarta får, så naturligtvis. När Direktören väl var borta då tog kusinen byggnaden i anspråk och vägrade att flytta på sig och med de människor han omgav sig med vågade ingen opponera sig. En tid av terror började på Berget kan man säga. Snickarn, som ändå diskuterat saken med sin fru ville ändå hjälpa advokaten att få bort denna plump i mänsklighet, idag skulle vi nog sagt psykopat. Han förstod att familjen skulle hamna i skottgluggen och förberedde sig på att dö men gjorde i ordning en låda med alla de skrivelser, reverser och andra papper som advokaten gett honom. När han gav det till frun och sina söner blev de tillsagda att gömma lådan på ett sånt sätt att inte ockraren eller hans medhjälpare kunde få tag på den. När Madelen och hennes vän åkte till England fick de lådan med sig, modern tänkte väl att så långt bort kunde väl Ockraren inte nå dem. Här var Madelen lite klurig, innan hon skulle åka satt Madelen uppe på nätterna för att skriva ner och dokumentera det som hade hänt. Vid ett tillfälle hängde hon med sina bröder till Snickarverkstan. Hon visste om tunneln, men även om ett ställe där hon kunde gömma det hon skrivit ner om, innan det skulle bära iväg.

- Var det möjligen det som Andrew letade efter? Kom det lite undrande från Berta.

- Charleston, vad säger du. Kan det vara det?

— Vegas, varför är du irriterad? Jag vet inget om Andrew vem han är eller vad han gör här, gör du?

- Nej, kom det något kort från Vegas.

- Vad hände sen då med familjen som reste till England? Undrade Hugo.

— Hugo, du har rätt, efter att familjen rest ifrån Berget skickade han ett antal inspektorer för att ha ögonen på de gruvor som han då fortfarande hade intressen i. Att hjälpa Snickarns familj var även i deras intresse då som sagt modern ingick i familjen. En av inspektorerna som kom till Berget hade lyckats med att hitta en redbar landsfiskal som började med att se över den ganska lukrativa ocker-affären. Att få tag på bevis var svårt speciellt då Madelen lämnat Berget, och när modern där även den ena av tvillingsönerna precis hade dött kunde man undra hur det skulle gå. Men man ska inte alla gånger se sakar och ting i svart. Snickarens yngsta barn som nu var på sin ålders höst och barnbarn fanns till hands och de visste att Madelen hade åkt till Verkstan med någonting. Så landsfiskalen med sin adept åkte dit och letade. Adepten visste om tunneln för det hade hans far berättat om, Bertil. I en undangömd och ganska knepig bitunnel fann man i en skreva, **lådan,** som Madelen gömt. När de hade läst alla pappren som fanns gick de raka vägen till den resterande familjen och arresterade de namn som stod med på listan. Några hade rentav gått bort men i förhören kom det fram att några hade fortsatt med att kräva tillbaka pengar och hotat efterlevande väldigt kraftigt. Det kom fram att en av dem, hade gjort eftersökningar efter Madelen och hotat hennes familj i USA. Det här resulterade i att en efterlysning gjordes i USA och därför fanns det människor som kunde ta hand om denna människa på route 66. Så vad det än är Andrew söker efter kan det nog inte vara lådan, tror jag. Men han är kanske ute efter något annat.

- Vad skulle det vara?

- Helga, vi får kanske får veta det så småningom. Men nu tror jag att det är en invasion på väg, det låter så.

- Hugo, kan det vara dem som de talade om skulle komma för att titta på oss. Men jag är inte riktigt klar än och inte heller Charleston.

KAPITEL 18

Det händer i Bergets Bilmuseum...

— Här mina herrar och förlåt damer, började Direktören med att säga, har vi börjat med att samla ihop bilarna från Berget. Tyvärr måste jag säga att Folke inte längre är med oss, vi kunde inte med bästa vilja rädda den kära bilen. Ja Ville, du behöver inte vara orolig Helga är i Avrostningen.

- Hugo, hörde du Ville är här, oh, vad kul!

- Helga, lugna ner dig.

— Som ni alla vet har flera varit involverade i att få tag på dessa bilar, Direktör Jönsson och hans far Domaren Jönsson. Sen har vi familjen i USA, Lonsdale men även några från England och ättlingar som vi funnit här i Sverige. Några från Snickarns familj av Hendenberg. Välkomna hit till Bergets Bilmuseum. Det är en som fattas och det är Helmersson med sin son Andrew. Jag vet inte vart han tagit vägen men det lär väl visa sig.

- EUREKA, EUREKA, EUREKA kom det svagt under fötterna på folksamlingen

- Vem är det som skriker under fötterna på en? Undrade Domaren Jönsson.

- Det är väl aldrig den som fattas eller? undrade Mirjam.

- Det finns nog risk för det, sa hennes man.

- Men kan ingen gå ner och hjälpa denna man då, vad det nu än är han har hittat? Undrade en av de medföljande damerna.

- Ville, skulle du vilja ta med dig några för att gå ner och titta vad det är?

- Jag tror vi överlåter det till de unga som är här för att göra det, Herr Dahlström.

- Förlåt, Ville, du har naturligtvis rätt. Är det okey för er unga att börja den lilla expeditionen?

- Ja, vi har redan samlat ihop oss. Men vad är det vi ska leta efter? Frågade en av de unga männen.

— Det är en trång gång som knappats syns utifrån men jag tror Andrew väntar i tunneln på er. Men ta med er starka ficklampor, det lär ni behöva. Det ni kommer att få se är en utmejslad bild i stenväggen där man även har gjort en gömma, förklarade Direktören.

- Vad har man använt den till? Ville en av damerna veta som började bli lite nyfiken kan man väl lugnt säga.

- Herr Dahlström vill du fortsätta eller skall jag göra det? Undrade Ville

— Nej, det ankommer på mig, det var ändå min farfar som startade eländet. Han var kusin till Gruvdirektören som bodde en gång här med sin familj. De hade försökt att fostra upp den unga mannen men tyvärr gick han sin egna hemska väg och började att låna ut pengar till rena rama ockerräntor. När de inte kunde betala tog han helt enkelt saker från familjerna, bland annat en lämplig dotter eller rent av frun, kunde det bli. När de var förbrukade hände det ganska ofta att han tog livet av dem om de inte hann före. Men när Snickarns familj flyttade till Berget började många att söka efter skydd och nånstans att gömma sig, hur och varför vet jag inte, men till alla de olyckliga blev det deras räddning ur den hemska belägenheten som de hade hamnat i. Under tiden som de var gömda kom de att skriva dagböcker och vad jag har förstått ska det vara dessa böcker som finns i gömslet.

- Men hur kommer det sig att du är här?

— Min farfar fick aldrig ärva. Han blev helt enkel utesluten från sin familj på grund av att han inte kunde uppfylla vissa kriterier samt hans hemska beteende. Men i testamentet hade man ändå försäkrat sig om, att både barn eller barnbarn ändå kunde få tillgång till arvet om de visade sig vara bra människor och levde på ett redbart sätt.

- Hur menade den som skrev testamentet då?

— Att personen inte levde för att förstöra både för sig själv och andra utan hade en moral, som gjorde att han kunde leva för att både han själv, och andra, skulle må bra och inom lagens råmärken. Det gjorde inte farfar, eller många av hans barn, men min mormor hon fick en chans att ta sig därifrån och det gjorde hon med hjälp av Snickarns familj.

- Så då är du en ättling av den där hemska karln, vänta bara...

- Lugna dig, Dahlström har ju inte berättat klart.

— Tack, jag får nog göra dig lite besviken. När han tog min mormor hem till sig var hon redan med barn och hon tillät honom inte att besöka henne utan bommade igen dörren inifrån. Snickarna försedde henne med en egen ingång där hon kunde låsa om sig och ganska snart flydde hon till gömman med snickarnas hjälp. I gömman födde hon sen en dotter och begav sig senare till England. Gruvdirektörens familj var som en länk för de som flydde undan Ockraren. Under den tiden mormor befann sig i gömman skrev hon dagbok, och det fortsatte hon med, för även i senare dagböcker omnämner hon gömman och tiden där, därför vet jag det. I gömman finns det flera dagböcker från olika skribenter, från Snickarn själv till flera andra och så Tysken som har varit här och inspekterat gruvorna.

- Men var inte själva Snickarn i Tyskland? Undrade en för det hade han hört.

- Neej det var bara ett rykte som den där advokaten och andra spred för att förvilla. Han har funnits här på Berget hela tiden, kom det från Ville.

- Va?

— Ja, det var därför man aldrig fick tag på honom när man letade ute i Europa och i USA hela tiden.

Han gick bokstavligt talat under jord en tid och utanför Herr Ockers radie.

- Men var det inte någon som tyckte det var konstigt? Fick en av de yngre damerna fram.

- Konstigt och konstigt, det var tiden under Ockrarens käpp som gjorde det konstigt. Man blev tvingad till okonventionella lösningar för att klara livhanken helt enkelt.

— Ville, har rätt. Det var inte någon som kom undan, oavsett om just de hade tagit lån eller inte. Alla kände någon som hade gjort det och eftersom man kan säga att hela Berget på ett eller annat sätt var släkt så kom alla att känna av hotet. Det var ingen som frivilligt skulle gå dit och tala om var Snickaren var för då fick man ett annat hot, den egna släkten. Börjar ni förstå nu varför Snickarens gömma kom att bli en betydelsefull del i att förgöra Ockrarens lånekarusell?

- Hur många gömde sig i den där gömman? Frågade en liten kille som tyckte att det hela lät både lite ruggigt men även spännande.

— Jag vet inte det, men nu kommer grabbarna som varit ner. Verkar som Andrew har något med sig.

- Ja du, Dahlström i lådan finns 5 dagböcker men det finns även en skulptur och vem som gjort den vet jag inte.

- Det kanske står i någon av dagböckerna, yttrade Raud som varit tyst en mycket lång stund.

- Dahlström hur kommer det sig att du är här? Undrade nu en av herrarna som kommit från USA.

— Jo, jag fick ett brev från en advokatfirma som har haft hand om Herr Ockers arv till de efterlevande, och de har letat och letat efter någon i släkten som skulle kunna vara lämplig. Men det har varit svårt och innan testamentet förfaller behövde de placera dessa på något lämpligt sätt. I samma veva hade jag fått kontakt med Ville, Domaren och Helmersson. Som i sin tur kände till Bilmuséet och vi började slå våra huvuden ihop, jag kände att det kunde bli mitt sätt att betala tillbaka för det lidande som Berget fått gå igenom på grund av Ockraren. Eftersom jag inte har några blodsband med personen tycker jag mig inte ha någon rätt till pengarna som Advokaterna har gett mig, så jag kan lika gärna placera dessa här i Bergets Bilmuseum.

- Hur mycket rör det sig om? Undrade en nyfiken liten herre.

— Aha, det vet Bilmuseumet bättre än mig. De har varit i kontakt med advokaterna nu på morgonen vad jag vet, eller... med det vände han sig till museets Direktör.

- Jo, det har vi men summan behåller vi än så länge hemligt, sa Direktörn.

KAPITEL 19

Ett resonemang uppstår i lokalen...

I Bilhallen började man nu att viska och tissla mellan bilarna och Berta tyckte inte alls om det så hon upphävde sin röst i något förnärmad ton.

- Kan ingen prata så man hör vad ni dillar om?

- Men Berta då, talar en dam av värld på detta sätt, sa Madame Louise.

- Jag pratar som jag vill, när jag vill. Hur i all sin dar har detta kunnat pågå utan att vi visste ett endaste dugg? VA?

- Berta, du var inte på Berget då, försökte Adam lite försiktigt.

- Alldeles riktigt. Den som vet det mesta om det hela finns inte kvar, Travera. Hon gick i graven för länge sedan. Jag tror att Grålle vet någonting, men jag är inte så säker, och få något ur honom kommer inte att bli lätt, suckade Charleston.

- Vem är Travera? Jag har hört det namnet nämnas förr, men som sagt jag vet inte mer än så, undrade Helga lite smått fundersamt.

- Då vet du mer än mig, kom det kort ifrån Berta.

- Men Berta, hur skulle du kunna veta det?

Kom det från Grålle som kommit in lika tyst och försynt som tidigare.

- Jaha, MEN DÅ FÅR DU VÄL LÄTTA DITT HJÄRTA NU DÅ.

- Berta så du tar i. Lugna dig, jag förstår att det de berättade har gjort dig upprörd, men låt Grålle få berätta nu, sa Adam både lite skrämd och förundrad över att vännen reagerade så kraftigt.

- Jaha, suckade Grålle. Det finns väl ingen annan utväg ur denna sorgliga historia förstår jag.

- Neej, det gör det inte, kom det i korus från de andra bilarna.

- Tja, var ska man börja för att få ett slut på detta? Undrade Grålle

- Från början, brukar underlätta... kom det från Helgas förnuftiga röst.

Grålle berättar...

— Som ni säkert hörde, så var Snickarens fru släkt med den första Gruvdirektören Dahl, över gruvorna som fanns på Berget då, det var en ganska bra tid. Sen blev det tråkiga händelser i släkten och de tog hand om pojken. Han var väl sådär en 13-14 kanske då, men han hade en egen vilja och var inte snäll mot folk. Han ville inte utbilda sig till något utan han skulle leva på sitt arv, så resonerade han. Att det fanns visa klausuler som måste uppfyllas det ryckte han bara axlarna åt och skrattade. Hu, det skrattet får jag rysningar av än i dag. De levde i det stora huset, "Direktörns", kallades det för i folkmun, alla som sen bodde där blev även de kallade för Direktörn. Det kunde bli lite förvirrande det där, men så var det. Efter ett antal år så började han bli ganska omöjlig och rentav farlig, familjen bestämde sig för att nu tar vi vår hand ifrån honom och lämnade Berget.

Innan de gav sig av hade Gruvdirektörn varit i kontakt med deras advokat och även Snickarn, för att försäkra sig om hjälp för att få människan häktad och inburad på något lämpligt ställe där han inte kunde förstöra för någon. Det hela skulle bli svårare än de trodde, men planerna sattes i gång. Det man visste var att han lånade ut pengar till ganska höga räntor. Att Snickarn var ingift i släkten trodde de inte att han visste, då Snickarn med fru inte hade varit med på någon släktträff på länge. Så de planerade för det s.k. fejkade raset i silvergruvan och vart Snickarn skulle ta vägen sen. Gruvdirektör Dahl d.ä visste om en mycket lämplig lokal, som låg lite avsides där det även fanns en underjordisk gång upp till en gruva där man hade hittat bergkristaller. Han föreslog att Snickarns pojkar, om de kände för det, kunde börja bryta där och ingen skulle tänka på att leta efter Snickarn där.

- Det låter nog troligt, men varför trodde han det? Undrade Vegas.

— Därför att när det gäller gruvarbetarna där, är de inte många och själva gruvan ligger så avsides. Sen är det även mycket få som känner till den så risken att någon händelsevis kommer förbi för att söka efter någon är mycket liten.

- AHA, det skulle bli ett utmärkt gömställe för ett tag då kanske, tyckte Hugo.

- Men vad hände sedan då? Frågade Adam.

— Jo, efter raset packade frun och barnen ihop och lämnade det lilla huset som de bodde i. Men då dök Ockraren upp och ville ha sina pengar. Nu hade han växt upp till en man i början på sin karriär som ockrare, men han hade hållit på med det sen 15-års ålder fast i en mindre skala för att få ihop pengar. Det var en av anledningarna till att Gruvdirektörn tog handen ifrån honom. Exakt vad hon sa då till honom vet jag inte, men jag tror vi fick veta lite om det förut, var det inte så?

- "Hur som helst så kunde långivaren i så fall frakta bort det som rasat ner och ta silvret som en avbetalning ifall det nu var nödvändigt." Jag tror det var någon anteckning som Madelen hade, sa Berta.

- Ja, det var det nog. Det var Alfred som berättade det, upplyste Vegas.

- Men hur var det med den där Tysklands historien..? Undrade Adam.

— Ja den var något klurig, men egentligen inte så farligt för Snickarn hade en bror redan som bodde i Tyskland. Han hade något med båtar att göra och kunde röra sig ganska fritt. Att han var gift och hade en dotter som fick i uppgift att leta upp Madelen i USA var en reservplan som de gjorde upp om.

- Visste inte den där Ockraren att Snickarn hade en bror? Undrade Madame Louise.

— Nej det gjorde han inte. Han räknade med att familjen fanns i den omedelbara närheten, för det var så i hans släkt. Men bara för att det är så för en, behöver det inte vara så för någon annan. Nu började Ockraren att flytta in "Direktörsvillan" och riktigt ta Berget i besittning. Det var många som ville ha hjälp att komma undan Ockrarens käpp. När grabbarna började att åka runt för att snickra på Berget kom de i kontakt med familjer som var i desperat behov av att komma därifrån. Det var en sak som de hade, en omgjord droska, som var väldigt tyst. Den drog de, mycket tyst, igenom Berget till Snickarns ställe där de kunde gömma sig ett tag, innan man hade gjort klart med den resterande flyktvägen. Lån ska man väl inte fly från men här hade vi att göra med en kallhamrad människa som levde på andra människors bekostnad. Om de bara hade gått till någon annan eller hört med banken ändå?

- Vad hände sedan då?

— Jo, Gruvdirektören skickade ju Inspektörer
och en av dessa var en riktigt redig karl, han
fick tag på en landsfiskal som ingen kunde
sätta sig upp mot. En stor och allvarlig herre
med humor faktiskt, han satte sig ner och gick
igenom alla händelser som hade med försvunna
individer att göra och varför de försvunnit.
Det var alldeles för många som hade samma
gemensamma nämnare för att han skulle se det
som en olycklig omständighet. Så han tillkallade
sin överordnade och fick med sig andra poliser
för att häkta Ockraren. Det han häktades för var
utförande av lån till ockerräntor och att genom
hot inkräva dessa samt mord. Han hade fått
individer att begå självmord i sin förtvivlan, i en
del fall var man inte ens säker på det, utan det
kunde ha varit Ockraren själv som åsamkat det
hela, eller hans medhjälpare. När han burades in
och rätten fått säga sitt blev det klart att Ockraren
fick livstid, på en psykiatrisk klinik. Efter detta
återvände Gruvdirektören med familjen till
Berget. Snickarn hade nu kunnat få gått fri men
tyvärr fick han en lunginflammation som tog
hans liv. Men Snickarns söner och frun flyttade
in på Berget. Det var nu som Madelen fick se den
unga mannen och modern tyckte väl inte riktigt
om det. Det gjorde inte Gruvdirektörns fru heller
om vi ska vara ärliga, för hon hade en annan dam
i tankarna för sin son.

- Men det hade inte han, eller hur? Sa Berta som alltid tyckte om romantiska slut.

- Så Dahlströms mormor var en av dem som Snickarna räddade och nu när han har fått ärva pengarna så lägger han dessa på Bergets Bilmuseum. Jaha, vad händer sen då? Undrade Adam.

- Vi får väl höra vad de säger för nu kommer de tillbaka? Sa Vegas.

KAPITEL 20

Direktören ställs mot en vägg och bilarna funderar på vad det betyder...

— Men vad tror ni? Skulle det inte bli fint när bilarna blir upprustade och upputsade, när man sen till detta även kan foga till en intressant historia, borde inte det intressera allmänheten? Sa Direktörn.

- Jo, men det gäller bara för några av bilarna. För det ska väl bli fler? Man kan inte bara ha ett bilmuseum för så få bilar som vi har nu. Hur många är de? Helga, Hugo, Berta, Adam, Vegas, Alfred, Mirjam, Madame Louise, det blev åtta stycken. Det är väl ingen jag glömt? Undrade en dam i kortegen.

- Jo, Grålle och Charleston. Delta finns inte i Bilmuseumet hon är, privat egendom, om inte Bilbyggarna kan tänka sig att överlåta henne till museet, sa Hendenberg.

- Det får jag nog prata med frugan och pojkarna om, sa Raud.

- Du ska inte vara så ledsen över det, Raud. Hon är jättesnygg, ett riktigt vrålåk till buss. Sen är det väldigt trevligt där inne. Ni har gjort ett toppen jobb med Delta, jag förstår om du inte kan släppa henne, sa Lonsdale.

-   Men hur blir det med framtidsbilen som du pratade om? Frågade en av damerna.

— Ni vet hur tyst Grålle går, sa Direktörn.

-   Hur kommer det sig? Undrade en av småkillarna som var med.

— Det är för att Grålle går på el. Men vi kommer att sätta in en motor i Adam som drivs av alger. Det hela är lite komplicerat att förklara men man har tagit tillvara på den solenergin som lagrats i algernas reservoar. Ett annat drivmedel vi kommer att testa är från all den dynga som hästar och kor lämnat ifrån sig. De här testerna på olika drivmedel gör vi för några bolag som har som mål att ta fram nya drivmedel. Av de pengar som vi kommer att få in på de olika testerna, kommer vi att lägga det mesta på de nya bilmodeller som kommer att tas fram med hjälp av Intendents lunta som vi fick av Helmersson och Ville.

-   Vad var det för speciellt med Intendenten? Frågade en nyfiken ung dam.

— Han hade gjort ett antal beräkningar som när de kom fram till USA har använts för att ta fram en del nya drivmedel, men även andra former av motorer som behövs för dessa. Man kan inte använda en bensinmotor till solcellerna t.ex. Förklarade Direktörn.

När Berta hörde detta kunde hon inte låta bli att väcka Adam.

-   Hörde du?

- Ja, det var något som lät i mitt öra. Undrar bara hur det kommer att gå? Köra med solceller, har aldrig hört på maken!

- Ja, men du kommer att få glida fram som förut. Är du inte glad för det? Undrade Helga.

- Jo, men man vill ju höra motorn gasa och låta. Det är jag van vid, sa Adam.

- Då får du väl vänja dig vid andra bullar då, tyckte Vegas.

- Vad menar de med tester och bilmodeller, är vi inget museum eller? Undrade Mirjam.

- Jag vet inte riktigt vad de menar... sa Helga.

- På mig lät det som att vi är museet, men de kommer även att använda det för en del tester som de gör tillsammans med något bolag, eller möjligen forskarteam. En gissning bara, sa Hugo.

- Dina gissningar brukar ha en viss touch av felberäkningar, men ändå komma ganska nära, så hur blir det nu då? Vilka bilar har de tänkt förutom Adam till sitt test? Undrade Vegas något skarpt, men hon var ändå nyfiken på experimentet.

- Ett konstigt sätt att betala tillbaka på, tyckte Mariana.

- Jamen, tänk om det lyckas. Då blir väl Berget levande igen, med ett härligt fik och biosalong som den jag och Adam brukade åka till. Den kommer du väl ihåg, sa Berta.

- Det kan du skriva upp på att jag gör. En stor och grann byggnad som var nästan som ett tempel. Det var det nog också ett nöjestempel, det var inte bara bio utan även dans och finare evenemang som teater och jag tror det har varit nån opera där också.

- Nu har Adam gått tillbaka till de gamla tidernas förlust... skrattade Hugo men blev avbruten av Adam.

- Det är väl inget att skratta åt. Du och Helga brukade vara där med era familjer, så säg inte för mycket nu, grymtade Adam en aning nedslaget.

- Grabbar, var inte dumma nu. Vi har haft roligt när vi körde de våra ut till evenemangen och till fiket som var en riktig träffpunkt för alla unga.

- Kommer ni ihåg den flitiga konstapeln som tyckte att vi stod för länge på parkeringen vid Fiket, sa Berta.

- Vad var det som hände? Undrade Mariana.

- Jo, han gick in på Fiket och undrade om det unga folket hade bosatt sig där? För i så fall, om de inte flyttade på sig och bilarna skulle han arrestera dem för ockupation inom 10 minuter, talade Helga om.

- Sen då? Frågade Mariana.

- Alla ungdomar rusade ut och tog Konstapeln med på en riktigt vansinnig tur, skrattade Berta.

- De blev inte intagna?

- Nej, Madame Louise, för alla hade ju som sagt flyttat på sig inom 10 minuter vilket han verkligen fick erfara. Han gick aldrig in i fiket igen efter den turen när ungdomarna var där, gick det rykten om, sa Helga.

- I alla fall inte själv, förklarade Berta.

- Vem kommer Grålle dragandes med nu då? Undrade Madame Louise.

- Charleston, du har fått lämna Avrostningen, vad fin du har blivit, sa Adam.

- Ja, det känns riktigt skönt. Helga lär bli kvar där några dagar till trodde Raud. Benneth har fixat så att jag fått hjul igen. De skulle visst sätta in en ny sorts motor till Helga hörde jag att de diskuterade om. Ja, ni vet väl att hon stod i det där diket och där träffade hon på ett järn som punkterade motorn. Så den kunde de inte rädda utan sändes till Skrotnisse.

- Undrar vilket drivmedel som de tänker experimentera med Helga, kom det bekymmersamt från Hugo.

- De kommer att byta ut din motor också Hugo.

- Jaså, den är skraltig så det blir nog inte så dumt, tyckte Hugo.

- Vilken sorts motor vill du helst ha i så fall..? Den som drivs med el, alger eller dynga… undrade Mariana.

- Dynga låter så skitigt så el eller solenergi låter mer rent tycker jag, sa Hugo.

- Alger var det, poängterade Madame Louise.

- Ja, men de tog solenergin från deras reservoar för att driva bilarna, försvarade Berta.

- Undrar hur de utvinner drivmedel från dynga? Jag tror inte dem skyfflar in det i tanken direkt, funderade Helga.

- Jag tror inte den tanken har slagit dem.

- Nu ska vi inte nedlåta oss till en så låg nivå, Adam, tyckte Alfred.

- Inte? Kom det från Vegas.

- Nej. Man behöver inte prata skit även om det kommer från… sa Madame Louise.

- SKIT, skrattade bilarna i korus.

- Bara det nu inte luktar S K I T, om det nya drivmedlet så kan det väl gå an, tyckte en nyanländ bil.

- Jaha och vem är du då? Undrade Mariana.

- Mitt namn är Orvar. Jag tror att några känner mig som läkarbilen, i alla fall så gör Helga och Hugo det.

- Orvar, din filur. Var har de hittat dig? Undrade Adam.

- I en lada inte långt från Snickarns verkstad. Där har jag stått i många år tillsammans med några andra PV:n. Men de valde mig till muséet, de andra fick Skrotnisse ta hand om, så sa de i alla fall. Jag har redan träffat Helga i Avrostningshallen. Vad är det för konstigt som de duschar en med?

- En hemlighet, Orvar. Det är nog ingen som riktigt vet exakt vad det är, men att det funkar är vi alla här ett prov på, sa Mariana.

- Fick du också en sån där dusch? Undrade Berta.

- Då när jag fick min behandling var det ingen dusch utan Raud smetade på något som fick sitta på i ett par dagar, sen blev det en riktig rengöring efter det. Sen smetade de på något som skulle förhindra att rost bildades och lackning. De har säkert utveckla det hela sen sist och en dusch kryper längre in och kan ta sig till ganska svåra utrymmen. Så vi har alla fått gå igenom avrostningen, det är väl ingen som har något klagomål på det, eller?

- Nej, inte då... med det så tittade Madame Louise uppfordrande på Orvar.

- Hrrm, nej då, inte alls, inte alls. Har inga planer på det, nej då, kom det skyndsamt från Orvar

- Ha, ha, ha, nu satte du allt Orvar på plats Madame Louise, skrattade Vegas.

- Skrattar bäst som skrattar sist, avgjorde Charleston.

- Vad menar du med det?

- Titta vilka som kommer här! Ledningen och kommunpamparna som var här förut. Vad är det som gäller nu då? Undrade Helga.

KAPITEL 21

Direktören förvarnas om förändringar...

- Jag ser att ni har kommit en bit på vägen, men borde ni inte ha hittat fler bilar att ställa in? Undrade kommunchefen

- Vi arbetar på det. PV:n har precis blivit klar för utställning och fler är på väg in, sa Direktörn

- Så hur många har ni hittat i dagsläget? Frågade kommunchefen

- Det är ett tjugotal som vi ska gå vidare med, först till Avrostningen och sedan till verkstaden.

- Inte fler? Undrade kommunchefen.

- Jag tror inte folk enbart vill se PV:n. Orvar, som ni ser där borta, han stod i en lada bland 10 andra. Vi valde ut Orvar för han var bäst bevarad och hade anknytning till Berget.

- Vad då för anknytning?

- Han har tillhört Läkaren Ohlsson som körde runt omkring till alla människor som bodde inom hans distrikt. Han körde även patienter till det stora lasarettet inne i stan med Orvar.

- Aha, där har vi Direktörns lilla akilleshäl tror jag.

- Vad menar du?

- Jo, i ditt sökande efter bilar med historia kanske du missar andra intressanta bilar.

- Du kan ha en point där.

- Därför har vi placerat en annan på din plats. En som kan förestå Bergets Bilmuseum. Du får ta hand om dina bilar på ett annat sätt.

- Men de tillhör muséet!

- Gör de? Används inte några som testbilar av vad jag hört? Det kan kommunen inte ställa upp på. Antingen är de bilar på muséet eller testbilar, inte både och.

- Okey. Adam har ingen motor för tillfället. Han kommer att få en motor som drivs av alger – solenergi. Helgas motor blev kapsejsad i diket av en järnstång och därför får hon en motor som drivs på samma sätt som Adams. Hugos motor fungerar väldigt skraltigt och byts ut till en som går på cellplattor som har tillvaratagit energi som kommer av dynga.

- Cellplattor?

- Ja. En uppfinning från USA och när man tog fram den har man haft hjälp av de anteckningar som Intendenten lämnade till Helmersson.

- Vänta nu? Intendenten, menar du han som fick ett slag i huvudet och där familjen kunde räddas undan en spionliga med en massa papper?

- Ja.

- Och vad skulle det kunna innebära för kommunen om testerna lyckas?

- Arbete och en bilhall som har framtidens bästa bilar.

- Hm, ja det är något att tänka på. Okey, du är kvar på Bilmuséet. Men inga andra bilar än de du nämnde får användas hör du det. Jag kommer i alla fall att skicka upp Agneta.

- Agneta?

- Den som ska förestå Bilmuséet. Hon har kontakter med turistbyrån och andra bra ställen. Det är en dam med idéer.

- Vad då för idéer?

- Det får ni snacka ihop er om.

Efter det att kommunchefen och direktören hade diskuterat kröp det in en olustig stämning i Bilhallen.

- Oj, oj, oj. Jag trodde nästan vi skulle åka ut i kylan igen, sa Hugo.

- Ja, det lät lite olycksbådande, kom det från Helga.

- Men hörde du att Hugo ska få en motor som drivs av cellplattor. Hur går det till? Undrade Adam.

- Jo, de diskuterade det livligt när jag och Orvar stod i Avrostningshallen, det hela verkade väldigt tekniskt avancerat. Men de testade det på den lilla sportbilen Bobby. Den hade batteri och när de tog bort batteriet och laddade med cellplattan istället körde de runt med Bobby som ingenting.

- Ja, men Hugo är tyngre än Bobby, sa Berta.

- Det är väl det som de måste testa fram då, kommenterade Orvar?

- Oj, oj, oj, hur kommer det här att sluta, undrar jag? Sa Berta lite trött.

- Den som lever får se... Filosoferade Orvar.

- Mycket möjligt, men om vi ska bli många fler här inne så måste de ha gjort någon sorts plan över hur många som kan finnas här inne, eller hur? Tyckte Hugo.

- Ja, och hur vi ska vara placerade? Fyllde Adam i.

- Men snälla grabbar, det behöver ni väl inte bry era hjärnor med. Det har de väl redan fixat, kom det i en konstaterande ton från Vegas.

- Visst, visst, men man kan väl få ha sina små funderingar, tyckte Alfred lite avigt.

- Men Orvar, hur kommer det sig att du hamnade i den där ladan? Undrade Helga.

- Tja, jag har inte flugit dit...

- **Orvar**. Kom det uppfordrande från Madame Louise.

-      Men jag har inte det. För ett antal år sen var det någon som flög över ladan och gjorde en närmare rundtur runt ladan och vid Snickarns med. Men det var inte det ni ville veta, nej, utan varför min vistelse kom att bli i ladan.

-      Alldeles riktigt uppfattat, kommenterade Alfred som kända att Orvar började gå honom på nerverna.

KAPITEL 22

Orvar berättar...

— Om jag börjar med att säga att Läkaren Ohlsson och Intendenten var nära vänner och hade ett gemensamt intresse, forskning. Vad det var vet jag inte, men några andra ville väldigt gärna veta vad det var de forskade i. För det var så här, att det de forskade i var många nyfikna på. Inte bara av att köpa utan också för att se till så det aldrig skulle få se dagens ljus. Tyvärr, var man beredd på att döda för den sakens skull så av den anledningen hade Ville sett till att Hermansson fanns i huset. Men Doktorn och Intendenten hade gjort upp en plan på hur de skulle kunna lämna landet tyvärr klargjorde de inte hela planen för Ville.

- Varför gjorde han inte det? Undrade Berta.

- Det kanske fanns någon anledning till det, kanske... sa Adam begrundande.

— Mmm, det gjorde det, ja för Ville hade kontakter med Polishuset och hela den kåren. En av personerna som de misstänkte spionerade på dem var polis, han var ett litet nöt och inte heller så brilliant i tankegången men han ställde till problem. Av den anledningen kunde de inte berätta för Ville hela planen, inte för att de misstrodde honom men för att försäkra sig om att planerna inte gick fel. Det höll det på att göra ändå, men det är en annan historia.

- Hurså, Orvar säger man a får man lov att säga b, kom det bestämt ifrån Madame Louise.

— Jaså, jaha hur långt bakåt behöver jag gå då?

- Vad var det för en plan? Frågade Helga

— Jag behöver inte gå längre bakåt, det var bra. Då ska vi se, jo planen var att Hermansson, med Intendentens fru och barn, skulle ta en kopia av handlingarna med sig till Snickarns. Där de skulle gömma sig tills Intendenten och Ohlsson dyker upp. Att Ville skulle komma den natten var inte riktigt bestämt, men han brukade göra lite oanmälda besök. För alla eventualiteters skull ordnade man det så att det såg ut som ett överfall där de övriga hade lämnat Intendenten. Utifall någon skulle komma hade Ohlsson gömt sig med sin bil inte så långt därifrån.

- Men kom det någon då, så sent? Undrade Mariana.

— Ja, först var det en polis, den där nöten som jag talade om. Han och kompisen höll sig på lite avstånd och ville inte komma fram i första taget. Men sen dök Ville upp och han var inte lika lättlurad. När han såg Intendenten ligga där på golvet med en liten bula i huvudet och ganska bra sminkad, frun var väldigt duktig på det, förstod han att det bara var fejkat. Han hade ju redan tagit en runda, att frun och Hermansson bara övergivit Intendenten, det var inte troligt på långa vägar.

- Inte? Undrade Vegas och Hugo samtidigt.

— Nej, de var en ganska sammansvetsad liten familj, i vått och torrt. Han ringde till Ohlsson och till polisen eftersom de andra var borta samtidigt kände han tydligen att något bara var fel. Efter det att han lämnat villan körde Ohlsson fram till huset och baxade in Intendenten i bilen och körde i omvägar till Snickarns. Han ville inte ha poliserna efter sig, de hade för övrigt gett sig av efter Ville men man kan aldrig vara för säker.

- Jamen, hur var det med Intendenten, hur skadad var han? Undrade Helga.

- Eftersom han blev inbaxad, poängterade Hugo.

— Det var inte så farligt, han hade bara fått en lättare hjärnskakning, upplyste Orvar. Men Ohlsson körde inte ända fram till Snickarns utan stannade vid ladan. Den som han senare körde in mig i. Sen gick de iväg med sina väskor. Jag antar att de gick upp till gruvan som ligger alldeles i närheten, ja den som den där gången leder till. För de hade pratat om att de skulle möta de andra där.

- Vilka andra?

- Men Vegas det måste ju naturligtvis ha varit Hermansson och Frun, sa Helga.

- Men Ville då? Undrade Berta.

- Men han körde ju som en vettvilling genom skogen och tog tåget. Kommer du inte ihåg det, sa Helga.

- Jo, men det är så mycket som snurrar hit och dit så det är svårt att komma ihåg allt i denna förvirring, tyckte Berta.

— Har ni fått reda på allt nu eller är det mer som ni behöver få reda på..? Undrade Orvar.

- Finns det något mer? Undrade Madame Louise.

- Nej.

- Då så, då kanske vi kan få en lugn stund nu då innan kommersen startar imorgon.

- Vilken kommers, Madame Louise?

- Vi får från Kommun en ny museiföreståndare och hon börjar imorgon, Agneta, för det var väl så hon hette, Helga?

- Ja, det var det.

KAPITEL 23

Den nya föreståndarens första dag...

- Då ska vi se om jag förstått det hela rätt, ni har ett antal bilar med historia... Började Agneta sin lilla utfrågning med till Direktörn på sin första dag.

- Ja, det är Helga, Hugo, Adam, Berta, Charleston som kommer från Berget de har en gemensam släkthistoria. Sen har vi den senaste Orvar, som inte ingår i släkthistorien, men var på Berget under de fyra första bilarnas tid. Orvar har en liten historia där han tillsammans med Helga figurerar. Sen har Adam och Berta sålts till andra och vandrat runt i välden kan man säga. Speciellt Adams historia där han träffar på Madame Louise, Vegas och Delta, Bertas historia där hon träffar Mariana, Delta och Vegas gör att även de bara behöver vara med.

- Det är ett fordon som saknas i samlingen eller hur?

- Öh.

- Jag tycker mig veta att det finns en vid namn Grålle, stämmer det?

- Jo.

- Har ni tagit reda på något om denna lilla traktor, som om jag förstått det rätt går på el?

- Ja, en del.

- Sen har vi den där lådbilen, var det Bobby?

- JO, men den ingår inte i muséet, skyndade sig Direktören att säga. Det är Pumas sovplats och min privata egendom. Du får gärna se det som nostalgi om du vill?

- Det bryr jag inte min lilla hjärna med, men för övrigt, utöver de bilar som har anknytning med Berget. Hur många bilar är det då?

- Det är tio bilar för närvarande men fler är på gång. Hallen rymmer bara trettio bilar.

- Hm, då är det tio bilar som fattas om jag har räknat rätt. Tror du det blir svårt att hitta de sista bilarna inom budgetramen?

- Det kan jag inte svara på just nu.

- Hur många har ni kalkylerat för ska besöka muséet?

- Det har inte gjorts.

- Men Direktören då, var har du din fru någonstans?

- Hurså?

- När jag pratade med henne trodde hon att antalet besökande skulle kunna ligga på fem om dagen under turistsäsongen. Men det är alldeles för lite när man betänker att ni ligger alldeles bredvid en stor väg. Nej, det här måste vi göra något åt.

- Vi ska ha en utställning om de bilar som har anknytning till Berget om en månad. Då kanske vi ska ha någon form av ett fik klart, eller souvenir kanske?

- Hur har ni tänkt för handikappade?

- Där har vi inte tänkt alls är jag rädd?

- Då får vi göra upp en plan för det också då. Hur ska ni få hit folket har ni tänkt på det?

- Neeeej det är jag rädd för att vi inte har.

- Då ska vi se, vi behöver alltså lägga upp en plan för - Marknadsföringen, Handikapp, Budgetering, Besökande. Har ni funderat på att ha en lådbilstävling?

- Neeeej, vadå för lådbilstävling? Jag har inte hört om någon lådbilstävling.

- I samband med att ni öppnar utställningen skulle de inte vara trevligt att ha något som aktiverar även barnen?

- Jo, kanske det.

- Eftersom Bilbyggarna är så duktiga i att reparera bilar. Vad tror du då om att låta dem få bygga några som man kan använda till att köra runt på en bana, liknande rallybana kanske?

- Blir det några restriktioner angående bränsle?

- Nej.

Nu började det att tisslas och tasslas inne i Bilhallen om denna nyhet, lådbilsrally.

- Hörde ni, lådbilsrally för att dra hit folk. Vad är det för ett snack? Opponerade sig Hugo.

- Det kan väl bli roligt men, var de ska anordna det är nog ett större bekymmer, kommenterade Adam.

- Men det kan väl bli lätt. Först ser man till att få en plan plats, sen lägger man träplank och sen kör man.

- Ja men Vegas, så lätt går det väl inte ändå, tyckte Helga som var en aning skeptisk till Vegas plan.

- Jag undrar om de kommer att använda någon av oss som förebild till lådbilen, kanske Folke rentav? Han vore väl en lämplig liten lådbil i alla fall, kom det lite försynt från Berta.

- Det vore inte så dumt, Berta, om de tar någon från Bergets bilar, men Folke? Jag vet inte om det bli någon snygg lådbil, kunde Adam inte låta bli att säga. Eftersom han själv tyckte att han var en lämplig kandidat som lådbil, något som man kan diskutera.

- Jag tror nog ändå som Berta, att Folke ligger ganska bra till som förebild för lådbil-arna i rallyt. Är det fler som håller på Folke? Undrade Helga.

Det har inte låtit så mycket i Snickarns lada på många år och dar som när bilarna började att tuta och blinka för att instämma. Men hur Styrelsen i Bergets museum tyckte och tänkte och planerade, det visste inte bilarna för hade de vetat det kunde bilarna varit lugna. I styrelserummet beslutade man att låta en grupp som var snickarkunniga tillverka fyra lådbilar, där förebilden var Folke och att ta fram en lämplig rallybana. Den tid som de fick på sig var tre månader, för då har man haft skolavslutning, och man ansåg att den tiden var lämpligast för en tävling med lådbilar.

Det förekom en hetsig diskussion om vilket drivmedel man skulle använda men det slutade med cellplattan, för den hade de provat på Bobby. Man tog beslutet att bilarna skulle vara i färgerna gult, rött, blått och grönt. Man gjorde ett utskick till skolorna för att se hur många som var intresserade av att köra lådbil. Det var många som ville köra men man valde ut några, närmare bestämt åtta personer, som fick köra lådbilsrallyt vid Snickarns.

Bilarna blev putsade och informationen om bilarna sågs över men några dagar innan rallyt skulle gå av stapeln dök en ny bil upp vid museet.

KAPITEL 24

Problemen dyker upp och nerverna börjar flaxa...

- Grabbar, vad har ni fått tag på nu? Frågade Raud.

- Du skulle inte tro mig, sa Leif.

- Den stod här utanför i morse när vi kom, sa Benneth.

- Har ni hunnit gå igenom den? Frågade Raud.

- Neej, men det är något med den som inte är riktigt, eller hur Leif? Sa Benneth.

- Det är någon som har satt vingar på bilen och lackat dem blå. Det fanns en lapp i bilen som vi har gett Agneta när hon kom. Bilen heter Blåvinge, men det behövde man ingen större gissning för, i alla fall tillhör den någon som heter Alfredsson, upplyste Leif.

- Hej killar, vi har inte tid med någon ny bil nu utan ta Grålle och lasta in bilen i ladan bland de andra gamla PV:n, sa Agneta.

- Varför ska vi köra in den där? Undrade Raud.

- Läs det här så länge, Raud så förstår du varför inga nya bilar kommer in i museet på ett tag. Agneta gav honom det brev som hon fått på morgonen tillsammans med lappen man hittat i Blåvinge.

När Raud började läsa kände han rädslan komma krypande uppför benen. Den texten ville inte försvinna från näthinnan under hela dagen. Efter att ha läst brevet från Kommunen kan man säga att kontentan var, att de kommer stänga muséet tillfälligt under den tid som det tar att flytta till en annan lämplig lokal. Vilken denna, så kallade lämpliga lokal, var stod inte och inte heller för hur länge. Kommunen hade inte hittat ägaren till Snickarns för att kunna införliva den bland kommunens fastigheter.

På den lilla lappen från Blåvinge stod det att "Nu har ännu en bil hittat hem, men ta hand om mig väl. Med vänliga hälsningar från en av Ockrarens utomäktenskapliga barn".

För Raud började några frågor att snurra. Vad menade kommunen med att tillfälligt stänga muséet? Varför stod Blåvinge utanför Snickarns, nu? Hur väl, menade Alfredsson egentligen?

- Raud, ska vi lägga ut tävlingsplattan nu? Frågade en av de unga killarna.

- Visst, visst, det kan ni göra jag ska bara snacka med Agneta så kommer jag sen, men ni kan börja. Raud sprang iväg för att få tag på Agneta och om möjligt reda ut några frågor.

- Okey, grabbar då lägger vi ut, skrek en av dem en som tydligen kunde ta ledningen.

Under tiden som grabbarna bökade med rallybanan sprang Raud tvärsöver den gröna ängen till

Snickarns lada där, Agneta inrett ett litet kontor.

— Agneta, du måste förklara det hela för mig. Varför måste vi flytta? Av vilken anledning måste kommunen ha tag på en av släktingarna och varför har de inte fått tag på dem? Var ska vi hålla hus under tiden som de letar efter något "lämpligt" ställe och hur länge ska vi vänta på det "lämpliga" stället?

- Lugna dig, Raud. Jag vet inte så mycket mer än du.

- AJ aj, så då vet du något mer i alla fall.

— Direktörn och jag har åkt iväg för att titta på några så kallade "lämpliga ställen" men vi har sagt nej till dem alla. Det enda jag vet är att kommunen har bestämt sig för att bygga ett industriområde här, mer än så vet jag inte, faktiskt. Kände sig Agneta vara tvungen att tillägga, då Raud verkade ta sats för några frågor till. Vilket hon visste med sig av erfarenhet att han skulle dra svaren ur henne, om hon gav honom den minsta lilla antydan till att veta mer.

- Jaså, men vet du något om Snickarns släkt, om det finns några som lever menar jag?

— Min bäste herre, vi har en tävling att ta hand om NU. Grabbarna är snart klara med banan ser det ut som och direktören är på ingång. Då måste lådbilarna komma snart. Vill du se till att de blir uppställda? kontrade hon med på hans fråga allt för att inte avslöja en dunkel sanning.

- Okey, men jag kommer tillbaka.

- Agneta, så bra att ni är här båda två. Sista budet från Kommunen är...

— Vi får ta det lite senare, Direktörn. Raud ska ha möte om lådbilarna och ställa...

- Vad är det sista budet? Frågade Raud lite bekymmerslöst.

- Jo, Agneta får två miljoner för Snickarns lada tillsammans med de marker som hör till den, och muséet kommer att få en helt ny lokal närmare byn, fortsatte Direktörn entusiastiskt

- Jaha, och vad är det som är den lilla knuten, Agneta, om man får fråga? Undrade Raud för han började ana att en liten gåta kommer närmare sin lösning.

— Det är att under Snickarns verkstad ligger deras grav, kom det ganska snabbt och smått hysteriskt från Agneta.

- Vad? Frågade Raud.

- Hörde du illa eller?

- Tror inte det men det kom så oväntat på någe vis, måste Raud medge. För att få ut den hemligheten hade han trott att han skulle få lov till att preparera Agneta mycket mer.

— MEN Nu måste vi få ut bilarna innan publiken och förarna kommer. Sätt fart nu på dem där benen, avbröt Agneta deras funderingar med. Innan de kom med några fler frågor om det hela för DET kände hon inte för just nu.

Troppen masade sig iväg för att göra iordning för lådbilsrallyt men under tiden funderade de var för sig hur det hela ändå skulle sluta.

KAPITEL 25

Inför lådbilstarten...

- Hugo, hörde du vad de sa, undrade Helga.

- Vilket av det?

- Att vi ska flytta på oss för att Snickarn ligger begravd under våra hjul, sa Helga.

- Njaa, det tror jag nog inte riktigt stämmer, Helga, om kommunen har försökt flera gånger att få oss flyttade, måste det nog vara något mer. Det är en liten hund begraven här någonstans.

- Hugo, att du ska var så omständlig kan du inte säga rakt ut vad du tror, man får ju nippran som du håller på.

Berta var helt enkelt tvungen att ge utlopp för sin frustration över Hugo, och det visste Berta var exakt det som han ville uppnå, den rackarn. Det enda hon väntade på var rallyt och utställningen som var det där lilla extra för dagen och något som hon aldrig skulle få uppleva en gång till. Det var i alla fall vad Berta trodde.

- Men jag förstår inte varför Raud var så förvånad, började Adam med att säga.

- Hur menar du nu? Undrade Vegas,

- Ja, men Leif och Benneth hämtade dem igår tillsammans med kommunchefen till och med, fortsatte Adam, ja till och med Hugo vaknade och hörde hur de pustade. Hur det är med Alfred vet jag inte, men han borde hört någonting tycker jag då han står längst bort i ladan.

- Adam det gjorde jag, men inte är det något att ta upp i damsällskap, här försökte Alfred tappert att styra bort det hela. Men innerst inne visste han att det var redan dömt att misslyckas med damer som Madame Louise och Vegas i salongen.

- Vad menar du med det? Damsällskap, puh så gammalt, nog tål vi både det ena och det andra eller hur Vegas? Sa Madame Louise.

- I alla fall du eller..?

- Vad menar du med det? Frågade Madame Louise med en arg blick på Vegas.

- Tjejer, inte ska ni väl gå ihop och slåss här inne, det finns det inget utrymme för, skyndade sig Hugo att säga innan det riktigt skulle braka lös mellan de två damerna. Att de kunde hända fanns det redan händelser som talade för det.

- Nej, för det har vi inte tid med för nu går starten för den första vändan på rallyt. Undrar vilka som kör? Någon som vet? Frågade Adam och tänkte samtidigt att nu blev Alfred räddad igen från ett otrevligt förhör.

- Den här vändan är tjejernas. I den röda

kör Lisa, gula är det Madde, den gröna tror jag är Heléne och den blå körs av Nadia. De som kommer etta och tvåa får köra med de grabbar som kommit etta och tvåa i sitt race, förklarade Berta.

- Och vilka är det som kör i nästa race? Undrade Adam lite försynt.

- I den röda kör Hans, den gula Robért, den gröna Bertil och i den blå är det Charlie, fortsatte Berta med.

- Vem tror du ror hem tävlingen, Berta lilla? Frågade Adam lite spydigt.

- Nu ska du inte vara elak, Adam, bara för att du inte hade reda på namnen. Kom Alfred till Bertas försvar.

- Ja, jag håller med Alfred det där var taskigt och förresten vem tror du vinner då? Adam, kan du säga oss det vem du tror? Frågade Helga.

- Det är inte så lätt att veta de har ju inte åkt än... började Adam.

- Ha ha ha, trodde du att du skulle komma undan så lätt, men nu har de börjat så vi får väl veta så småningom, konstaterade Hugo och fortsatte att lyssna till rallyt.

KAPITEL 26

Tävlingen har börjat...

— Den som kommer först ut ur den första kurvan är LISA, och vem har hon bakom sig, om inte Nadia sen har vi Heléne och Madde. Nu kör de mot raksträcka och där kör Madde om Heléne. Nu har täten kommit till den andra kurvan, kan det hända något där, nej Nadia kan inte ta sig förbi utan Lisa kör mot målet stadigt och bra. Den ungen kör smart, det måste jag säga för, Nadia kommer inte förbi. Den första ronden går till LISA och NADIA.

- Lisa och Nadia, ni går vidare till den tredje och avslutande ronden. Hur känns det? Frågade en reporter

- Kul, svarade Lisa och ryckte lite på axlarna.

— Nu ställer killarna upp och intar sina positioner och där går starten. Det är Robért som har ledning fram till den första kurvan men nu pressar sig Charlie förbi och där smiter Bertil vidare. Robért har inte gett upp för han släpper inte förbi Hans. Han kör allt vad han kan på raksträckan och kommer ifatt Bertil och där gick han om Robért. Men nu håller han sin plats så Bertil inte kan ta sig förbi. Det andra heatet slutar med att Charlie och Robért går vidare till det tredje heatet.

- Grabbar, hur känns det här då? Kom en fråga från tidningen.

- Det är inte över än... sa Robért,

- Visserligen men...

- Kom igen efter heatet med tjejerna, avslutade Charlie.

Efter lite förfriskningar och bilarna fått en liten översyn kommer det sista heatet att köras.

- Vem av dem tror ni kommer att ta hem det? Lisa, Nadia, Charlie eller Robért, vad säger du Adam? undrade Berta.

- Vem håller du på? undrade Adam.

- Nehej, det säger jag inte, men jag antar att ni karlar håller på någon av grabbarna.

Det svaret hade inte Adam väntad sig från Berta att hon skulle hålla något inne från honom, hennes goda vän från Bergets dagar. Den som hon förr i tiden och även i museet hade anförtrott sig åt ja, i alla fall i början.

— Då så får jag hoppas att ni har fått något till livs för inom några minuter startar vi det sista heatet med Lisa i den röda bilen, Charlie i den gula, Nadia i den gröna och Robért i den blå. Nu kör de till starten för att ställa upp sig, den yngsta av förarna är tio år medan den äldsta är tolv år. Nu verkar mannen med startflaggan gå fram och där går starten. Den som verkar inta ledningen från start är Lisa och Charlie. Nadia nosar Charlie i baken, ser det ut som, och Robért försöker att tränga sig förbi men det ser lite vanskligt ut, kanske när de kommer till kurvan att de blir en lucka och han tar sig förbi Nadia. Lisa och Charlie kan han nog inte ta sig förbi på raksträckan det blir för trångt det är om det kan bli en möjlighet i den andra kurvan. Men Charlie ligger på och ligger lite före Lisa som det ser ut här ifrån. Det kan bli målfoto som avgör om inget radikalt händer vid kurvan. Där fick Charlie en liten sladd och möjliggjorde för Lisa att passera och Robért gör det han lyckas ta sig förbi Charlie, men Lisa har barrikerat vägen, som förra gången kör hon i mitten på banan. Undrar vem som har lärt henne det? Vasa, är hon släkt med en folkraceförare. På den lilla biten som är kvar hinner inte mycket hända utan Vinnaren är LISA. På en hedrande andraplats kommer Robért, Charlie intar den tredje platsen och för Nadias del blev det en hedrande fjärdeplats. Väl kämpat till alla förare.

- Hur känns det att ha vunnit den första lådbilssegern, Lisa? Frågade reportern.

- Vad tror du? Kontrade Lisa.

- Lisa och jag har fått köra de bästa bilarna hittills och vi har inte spytt ut några fula avgaser heller, som du gör med din bil farsan, svarade Robért.

- Men, hur kändes det att vinna, Lisa?

Kom det något krampaktigt från reportern.

- Kul, kul och åter kul, svarade Lisa glatt med en återhållen skrattsalva i halsen som briserade i samma stund som hon vände sig om från reportern.

—Efter detta lyckosamma lådbilsrally med det nya drivmedlet som en grupp har arbetat med, har vi fått se hur väl det fungerar. Men nu vänder vi våra blickar till Bilmuséets bilar, speciellt bilarna med anknytning till Berget. Bilarnas ägare hittar vi hos Snickarns och Gruvdirektören Dahl släkter. Det var ju en av hans döttrar som gifte sig med Snickarn, hon var förresten även utbildad folk-skollärare. Men nu går vi mot Snickarns Verkstad så häng med...

KAPITEL 27

Utställningen...

- Adam, nu kommer dem så lägg upp ditt bästa face nu, tyckte Vegas att han gått kunde kosta på sig.

- Jamen, man vet ju inte vilka som kommer och tittar och hur de beter sig, ursäktade sig Adam med.

- HM hm, är du inte lite väl förmäten nu, Adam. Om det vore någon som skulle vilja göra någon skillnad borde det väl vara jag och Charleston. Vi har i alla fall tjänat i de högre kretsarna så ta dig ingen ton, kom det något kraftigt ifrån Alfred.

- Jamen, du hade ju en mörkhyad och vit taxichaufför i din bil, kontrade Hugo med.

- Men det var väl inga fel på dem för det eller, vad säger du Vegas? Undrade Berta.

- De var alla tiders människor. Det är något som man lär sig när man kör taxi, att det inte ankommer på plånboken eller färgen om det är bra eller dåligt folk som man har att göra med, summerade Vegas.

— Som ni ser, fortsatte Agneta, finns det en skylt vid varje bil från Berget där det finns en liten kort historik om just den bilen. Den bilen som inte finns med här är Folke men det finns en liten tavla om honom och längre fram kanske vi kan ha en modell av Folke. Vi har hittat en till den som vi trodde var borta för alltid, Taverna. En av de första bilarna här på berget och den som Snickarn ägde tillsammans med Hästskojarna. I dagarna var vi ner och öppnade ett gravkapell under våra fötter och där stod, Taverna, och i kapellet hittade vi fyra kroppar. En av kropparna hade blivit omsorgsfullt balsamerad och är troligen Snickarn som dog av tidigare. Sen hittade vi tre kroppar och jag gissar att det är Snickarns fru och deras söner men säker är jag inte, men de försvann alla tre samtidigt under knepiga omständigheter. Vi har inte fått obduktionsprotokollet än så vi är inte hundra på vilka som låg i där nere.

- Försvann dem hastigt och lustigt? Frågade Lisa.

— Ja, det gjorde de faktiskt. Men de försvann under en tid då det förekom en sjukdom som många dog i, förklarade Agneta.

- Då var det kanske ingen som förvånade sig direkt? Undrade reportern.

- Det var kanske just därför det gjordes, just då, tyckte en man i publiken.

- Hu, usch kan vi inte gå vidare med bilarna, snälla, kom det från en äldre dam.

— Nästa bil på tur är Charleston, den bilen ägdes av Gruvdirektör Dahls d.ä på 20-talet och hon fick hänga med ett bra tag, men det var främst hans andra fru och barn som körde Charleston. Det var ju några år under 1900-talets början som den äldre Gruvfamiljen lämnade landet och bodde i England. Under den tiden var det Ockraren som bodde i huset men, han var inte bilintresserad utan nöjde sig med häst och vagn. När Gruvdirektören d.y styrde på Berget, bodde de i "Direktörsvillan" och när barnen växte upp införskaffades nya bilar som Adam och Berta.

När det gäller de som tillhört Snickarns familj så vet vi att Bertils son som var polis fick en tjänstebil för att kunna patrullera över området, senare inköptes Helga som övertogs av Ville. Villes kompis Simon hade övertagit Hugo från sin far Simson. Om vi ska ta något kort om Ockraren så var det inte bara de som lånade pengar han satte press på. Det var även i den familjen som han kom att vara i, det var en av anledningarna till varför Gruvdirektören, den äldre, sökte hjälp hos Snickarns. Att sedan Gruvdirektören själv blev utpressad av Ockraren förstod, väl ingen då, men när Ockraren åkte fast och fick livstid, så fortsatte ändå en begränsad lån-karusell. En karusell som Snickarn och hans fru inte var med på, efter Snickarns död hade modern det slutgiltiga ordet i familjen. När tvillingarna kom till Gruvdirektören d.ä för att söka finansiell hjälp såg han bara en utväg i historien, för att skydda sitt goda rykte. Att tysta de som visste något och fly från landet. När han gjorde det blev det ett slut på låneaffärerna. Frun som under en tid hade misstänkt skumraskaffärer då hon har haft brevkontakt med sin styvdotter under hela denna tid, och fått reda på både det ena och det andra. Hon gav advokaterna i uppgift att reglera lånen och avsluta dessa. Det var Charleston, Adam, Berta, Helga och Hugo och deras släkters historia i dess korthet, sa Agneta.

- Jaha, vad hände med direktören? Hur fick frun reda på att han flytt landet? Frågade Lisa

— Det sa jag kanske inte, men både frun och advokaten fick brev från Direktören. Det var i alla fall vad som stod på kuvertet, tillade Agneta.

- De här andra bilarna varför har de plakat? Undrade en från publiken.

— Jo, efter att de har blivit sålda eller som några kvaddade. Då har andra ägare tagit vid och en annan historia med äventyr började. De har även träffat andra bilar som de har stött på och som det har visat sig ge bilarna en gemensam historia, fortsatte Agneta sitt berättande.

- Vad spännande det låter, hur har ni fått reda på allt detta? Undrade reportern.

— Rauds fru som har sammanställt det hela har haft ett hästjobb med att ta reda på historien kring bilarna. Men vi har haft tur också en del har lämnat kvar dagböcker och andra skrivelser som vi har kunnat ta del av. Den som tycker att det verkar snurrigt kan läsa på skylten om Snickarns och Gruvdirektör Dahls släkt, bilarna finns med på skylten. Men nu går vi till Orvar – läkarbilen som vi hittade i ladan som ni såg vid rallybanan. I den ladan fanns det många PV:n men Orvar var den som var bäst bevarad. Den bilen spelade en roll i hur det kom sig att Helga stod i diket.

- Oh, gjorde den det. På vilket sätt gjorde den det? Undrade den gode damen.

— Vet du något som vi inte vet? Parerade Agneta.

- Det tror jag inte, jag bara undrade.

- En fråga bara, varför är det frågetecken på den här skylten om släkterna? Vet ni inte vilka de är, eller? Undrade en äldre dam.

— Vi har inte hittat namnen på alla. Vad den andra tvillingsonen heter, vet vi inget om. Rauds fru talade om att av någon anledning har en del papper försvunnit, upplyste Agneta den äldre damen. Men om vi fortsätter, vår lilla rundtur. När det gäller den sista bilen från Berget har vi fått hänvisa den till ladan då vi inte har hunnit gå igenom den.

- Vad heter den? Undrade reportern.

— I papperen som låg i bilen står det Blåvinge. Men det hade man kunnat gissa sig till bara av att se den.

- Varför det? Undrade Robért

— Bilen har tydligen varit inne för en ordentlig upplyftning, där man satt stora vingar på bilens baklucka och målat dessa blå. Man har även målat bilen på ett sätt som ger den en viss form. Det är väldigt konstnärligt gjort måste jag säga. Hur vi ska göra med Blåvinge får vi ta ställning till senare i höst.

- Varför senare i höst? Undrade reportern.

— Jo, för att vi måste stänga museet eftersom man ska bygga ett industriområde här och av den anledningen har kommunen lovat att bygga upp en lokal närmare byn åt oss. Under den här tiden kommer en turnéresa för Bergets bilar att på börjas i höst och de övriga bilarna ställs upp på lämpliga ställen.

- Men när kan ni öppna igen då? Frågade reportern.

— Förhoppningsvis till våren och med en till liten lådbilstävling kanske.

- JAAAAA. Ropade alla rallyförarna som deltagit i lådbilsrallyt.

THE END??

Några sidor med förklarande översikter

Bilarnas inbördes relationer

Hendenbergs släktregister

Dahl släktregister

Mina böcker

Bilarna

Helga ägdes av Bertils son och senare av Ville.
Hugo ägdes av Adolphes son Simson därefter av Simon.
Båda tillhörde Snickarens släkt.

Adam och Berta ägdes av Gunvalds fru som senare sålde Adam till George och Berta till Domaren.
Båda har tillhört Gruvdirektör Dahl d.y. släkt.

Charleston inköptes av Gruvdirektör Dahl d.ä.

Grålle vet vi inte vems det är, men kom till Direktör Dahls garage ca 1935.

Folke kom till Dahls ca 1937. Ägare med familj försvann ca 1939.
Folke har stått i Dahls garage till 1940 men kom till Glömskans dal ca 1960.

Förutom bilarna från Berget känner
Adam - Vegas, Delta och Madame Louise.
Berta - Delta, Mariana, Vegas, Bobby, Madame Louise och Danny.
Helga – Danny.

Släktregister Hendenbergs

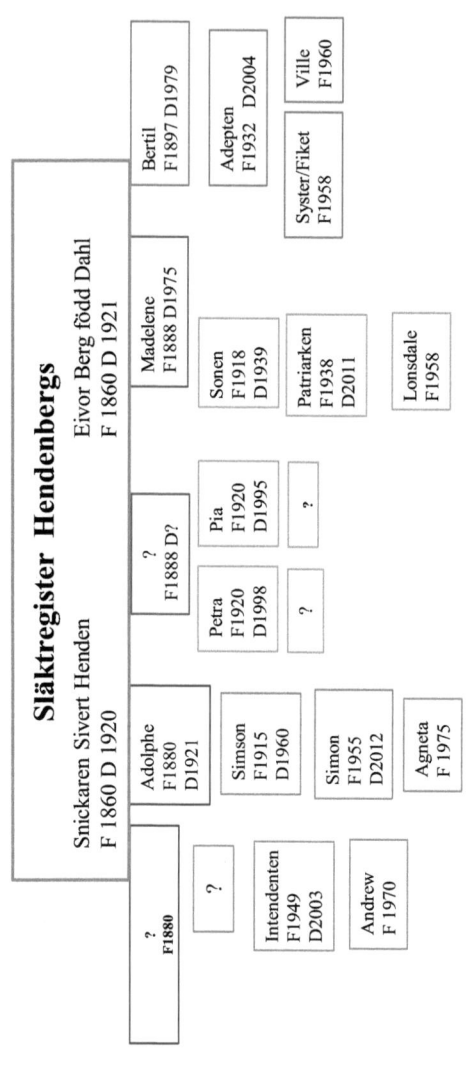

Snickaren Sivert Henden
F 1860 D 1920

Eivor Berg född Dahl
F 1860 D 1921

?
F1880

Adolphe
F1880
D1921

?
F1888 D?

Madelene
F1888 D1975

Bertil
F1897 D1979

?

Simson
F1915
D1960

Petra
F1920
D1998

Pia
F1920
D1995

Sonen
F1918
D1939

Adepten
F1932 D2004

Intendenten
F1949
D2003

Simon
F1955
D2012

?

?

Patriarken
F1938
D2011

Syster/Fiket
F1958

Ville
F1960

Andrew
F 1970

Agneta
F 1975

Lonsdale
F1958

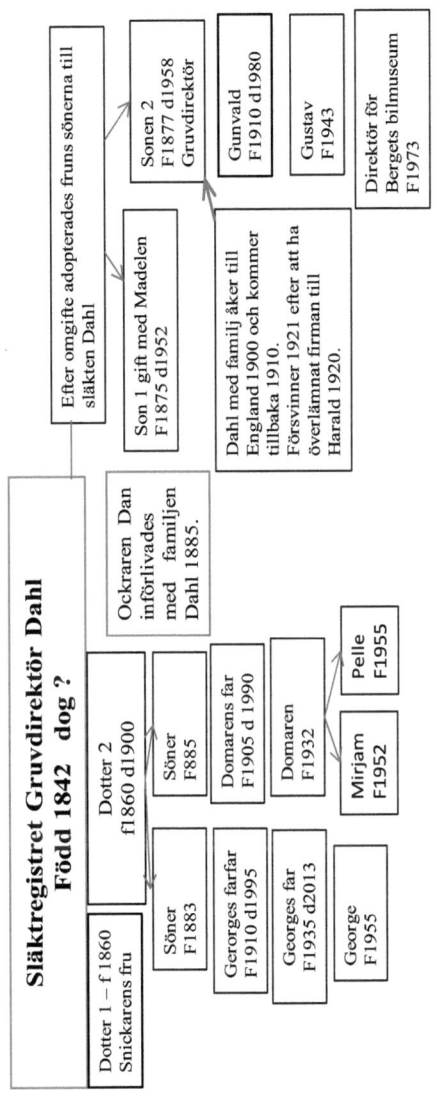

Släktregistret Gruvdirektör Dahl
Född 1842   dog ?

Efter omgifte adopterades fruns sönerna till släkten Dahl

Dotter 1 – f 1860
Snickarens fru

Dotter 2
f1860 d1900

Söner
F1883

Söner
F885

Gerorges farfar
F1910 d1995

Domarens far
F1905 d 1990

Georges far
F1935 d2013

Domaren
F1932

George
F1955

Mirjam
F1952

Pelle
F1955

Ockraren Dan införlivades med familjen Dahl 1885.

Son 1 gift med Madelen
F1875 d1952

Dahl med familj åker till England 1900 och kommer tillbaka 1910.
Försvinner 1921 efter att ha överlämnat firman till Harald 1920.

Sonen 2
F1877 d1958
Gruvdirektör

Gunvald
F1910 d1980

Gustav
F1943

Direktör för Bergets bilmuseum
F1973

Glömskans dal i verkligheten

Bilderna är tagna från ett område i gamla Grängesberg. En vacker dag när Maritha var ute för att fotografera träffade hon på detta område, där mycket mer än dessa två bilar finns. Men bilderna är mycket passande för Glömskans Dal.

Fotograf Maritha Viio.

Utkomna böcker

Romaner

Helgas story

- Helgas story och andra komplikationer...

Nomen förlag   2015

Books on Demand   2018

- Resan som ingen trodde på...

Books On Demand   2016

- Upplösningen

Books On Demand   2018

Deckare

- Mord eller självmord i skördetid

Books On Demand   2016

- En neslig historia

Books On Demand   2018